DARK EDEN

O medo é a cura

Patrick Carman

O MEDO É A CURA

Tradução
Eric Novello

GUTENBERG

Copyright © 2011 Patrick Carman
Copyright © 2012 Editora Gutenberg

TÍTULO ORIGINAL
Dark Eden: Fear is the Cure

TRADUÇÃO
Eric Novello

EDITORAÇÃO ELETRÔNICA
Christiane Morais

REVISÃO
Lílian de Oliveira
Priscila Trevizani

GERENTE EDITORIAL
Gabriela Nascimento

Revisado conforme o Acordo Ortográfico da Língua Portuguesa de 1990, em vigor no Brasil desde janeiro de 2009.

Todos os direitos reservados pela Editora Gutenberg. Nenhuma parte desta publicação poderá ser reproduzida, seja por meios mecânicos, eletrônicos, seja via cópia xerográfica, sem a autorização prévia da Editora.

EDITORA GUTENBERG LTDA.

São Paulo
Av. Paulista, 2073, Conjunto Nacional, Horsa I, 11° andar, Conj. 1101
Cerqueira César . São Paulo . SP .
01311-940 Tel.: (55 11) 3034 4468

Televendas: 0800 283 13 22
www.editoragutenberg.com.br

Belo Horizonte
Rua Aimorés, 981, 8° andar . Funcionários
30140-071 . Belo Horizonte . MG
Tel.: (55 31) 3214 5700

Dados Internacionais de Catalogação na Publicação (CIP)
Câmara Brasileira do Livro, SP, Brasil

Carman, Patrick
    Dark Eden : o medo é a cura / Patrick Carman ; tradução Eric Novello . – Belo Horizonte : Editora Gutenberg , 2012.

    Título original: Dark Eden : Fear is the Cure
    ISBN 978-85-8235-005-8

    1. Ficção estrangeira 2. Ficção americana 3. Literatura juvenil I. Título.

12-11116   CDD-028.5

Índices para catálogo sistemático:
1. Ficção : Literatura juvenil 028.5

Para Cassie e Sierra.
Mantenham as luzes acesas.

A CHEGADA	11
Os dias de nosso cativeiro	39
BEN	41
KATE	65
CONNOR e ALEX	109
MARISA	143
WILL	173
AVERY	189
RAINSFORD	215
OBSERVAÇÕES	229

NOSSA LOCALIZAÇÃO
(com uma margem de erro de 32 km)

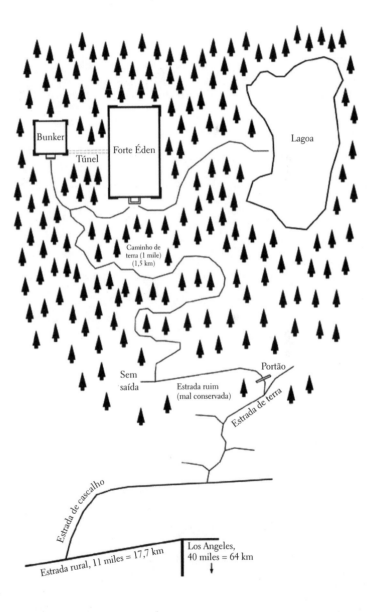

Por que você está se escondendo sozinho nesse quarto?
Não faltarão perguntas sobre o Forte Éden, os 7, Rainsford, Davis, Sra. Goring, o *programa*. Mas a primeira, aquela que colocará tudo em movimento, será uma pergunta simples. Ela será feita quando eles me encontrarem.
Fizemos uma pergunta, Will. Por que você está se escondendo sozinho nesse quarto?
Tenho pensado em como vou responder. Eu não gostaria de ser acuado. Não gostaria de ver a porta bloqueada por uma pessoa com quem serei forçado a falar. Melhor ter a resposta memorizada, então eles me deixarão sair para a floresta, onde posso correr.
Porque eu sabia.
É o que direi quando eles me perguntarem.

Eu sabia, e estava com medo.

═══════

WILLIAM BESTING, S167
DR. CYNTHIA STEVENS
6.12.2010

Existem outros como você. Você não é o único, Will.

O que você quer dizer com "outros como eu"?

Você não é o único a estar com medo. Muitas pessoas da sua idade têm medo de coisas. O mundo pode parecer assustador quando você tem quinze anos. Porém, para algumas pessoas como você, certas coisas são muito mais assustadoras do que deveriam. Você sabe disso. Já conversamos sobre o assunto. Mas você não precisa ficar sozinho. Existem outros como você.

Por que está me dizendo isso?

Eu estava olhando minhas anotações antes de você vir hoje. Nós temos nos encontrado já faz um bom tempo. Muito tempo, Will.

Espere, o que você quer dizer?

Você confia em mim, Will? Realmente confia?

Acho que sim. Claro.

Então eu vou contar a verdade a você. Não posso ajudá-lo. Eu quero, mas não posso. E existem outros como você, seis para ser exata. Seis outros que não posso ajudar. Seis que estão com medo, assim como você. E existe um lugar para onde quero que vocês vão.

Você quer dizer eu e seis pessoas que eu nunca vi? Qual a idade delas?

A mesma idade que você.

Eu não vou fazer isso. Você não pode me obrigar.

Seus pais querem que você vá. Eu já perguntei a eles. Acho que eles podem estar ficando cansados da minha falta de progresso. Cento e sessenta e sete sessões, Will. Mais de dois anos. Não percebe? Eu não posso ajudá-lo. Mas eu acho que alguém pode.

Onde é esse lugar para onde não irei e quem são as pessoas que não conhecerei quando não chegar lá?

———

Depois disso, a tela em seu telefone se acendeu, e ela olhou rapidamente em outra direção, enquanto eu observava. A Dra. Stevens era uma mulher alta e magra, em torno dos quarenta. Ela era loira e bonita, e usava óculos elegantes de aro, e tudo isso era uma distração constante. Ela tinha um dente da frente torto, que poderia ter maculado o que seria um rosto bonito, mas nela ficava natural e vulnerável. Em minha opinião, era o detalhe que fechava o pacote, a fita vermelha.

Desculpando-se, ela saiu da sala, que ficava no terceiro andar de uma casa geminada convertida que ela dividia com três outros conselheiros. Ela deixou a porta alguns centímetros entreaberta, e soube quando seu pé alcançou o quarto degrau, porque a escada estalou alto o suficiente para que eu escutasse de dentro da sala. Bem longe, na base da escada, ouvi o som sutil de uma porta se fechando. Ela tinha saído para a varanda da frente para chamar alguém, ou assim parecia. Um murmurinho de vozes invadiu o ambiente vindo de outra sala, como um gato ronronando em um beco escuro, e eu me levantei da cadeira.

Nós vínhamos nos encontrando há tanto tempo que era como se a Dra. Stevens fosse minha tia ou uma irmã muito mais velha. Às vezes ela almoçava durante uma de nossas sessões, outras vezes fazia um intervalo e ia ao banheiro ou à cozinha, no andar de baixo, deixando-me bisbilhotar suas coisas enquanto eu esperava pelo som do quarto degrau das escadas.

Ela deveria saber que era arriscado me deixar sozinho. Ela não precisava ter me assustado como fez. Bisbilhotar suas coisas tinha se tornado um mau hábito, como roubar um jornal que você nem leria, ou então descobrir que estava levando algo que não era seu sempre que ia passear em uma loja. É assim que funcionam os segredos. Eles vão se empilhando um em cima do outro até que fiquem como um castelo de cartas que precisa de muito trabalho para ser mantido.

Já faz muito tempo desde que roubei meu primeiro arquivo do escritório da Dra. Stevens. Se estivesse construindo um castelo de cartas, eu estaria no meu segundo baralho atualmente. Olhando para trás, existem algumas sessões que permanecem em minha memória de maneira mais completa do que todas as demais.

SESSÃO NÚMERO 12

Pensei que a Dra. Stevens poderia estar lendo o meu futuro nas folhas de chá no fundo de sua xícara, mas ela só estava com sede de mais cafeína, combustível para outra meia hora com Will Besting. Algumas tecladas no seu *laptop* e ela desceu as escadas, me deixando sozinho na sala pela primeira vez. Levantei da minha cadeira, sentei na dela e olhei a tela de seu *laptop*.

O computador estava bloqueado com senha, mas ela foi facilmente descoberta. A Dra. Stevens era descuidada ao teclar, tinha uma senha muito curta e muito fácil para olhos atentos como os meus. Só pude acompanhar seus dedos nas primeiras duas teclas – *c* e *a* – e depois o movimento rápido de seu dedo indicador magrelo nas teclas acima. Ela apertou quatro ou cinco teclas adicionais com velocidade e precisão enquanto eu fingia olhar pela janela, minha cabeça virada para um lado e meus olhos para outro.

A senha começava com c-a e provavelmente continuava para cima, na fileira superior, com seu longo indicador branco: a *t*.
cat
Não vou mentir, foi emocionante desde o início sentar na cadeira dela com meus dedos voando sobre as teclas, tentando descobrir seus segredos. Segredos sobre mim. Sobre ela.
catplay. catonroof. cathairball. catcatcat. catfood

O quarto degrau rangeu, e eu voei de volta para a minha cadeira, agarrando os braços de madeira enquanto a Dra. Stevens voltava à sala por trás de mim, sua xícara cheia mais uma vez.

Meia hora depois, quando nos despedíamos, meus olhos captaram uma linha de livros repousados em uma prateleira. Havia quatro deles, mas apenas um importava: aquele infantil com uma capa azul e um gato na frente, inclinando sua cartola listrada e sorrindo alegremente.
catinhat
Uma senha que eu viria a conhecer bem demais.

SESSÃO NÚMERO 19

Encontrei minha própria pasta, cheia de transcrições em áudio. Eu sabia que ela estava gravando todas as sessões, havia inclusive consentido isso. Entretanto, de alguma forma, me aborreceu ver as transcrições lá, todas enfileiradas com datas. Era como se ela tivesse cavado fundo em minha alma, arrancado as partes secretas e as armazenado como pequenos caixões em um frigorífico.

Descobri que meus pais haviam me traído também. Por anos mantive um diário em áudio que datava todos os acontecimentos desde 2005. Eu era um garoto de apenas nove anos quando comecei, no tempo em que gostava de ouvir minha própria voz. A Dra. Stevens tinha todos os arquivos, inclusive os da época em que o problema começou.

SESSÃO NÚMERO 31

Eu mantinha uma corrente em volta do meu pescoço, com uma medalha de São Cristóvão balançando solta sob minha camisa. A medalha era oval, com a espessura de três barrinhas de chiclete, e, se eu abrisse São Cristóvão no meio, ele se tornava mais útil.

A parte inferior destacável de São Cristóvão era uma unidade *flash*, com espaço suficiente para muitos, muitos arquivos de áudio.

catinhat

Cliquei na pasta marcada com WILL BESTING, arrastei-a pela tela e coloquei seu conteúdo dentro de São Cristóvão.

SESSÃO NÚMERO 167

E dessa maneira, sempre que a Dra. Stevens deixava a sala com seu telefone na mão, eu pegava algo mais, algo que eu havia dito para mim mesmo que não mexeria.

catinhat

Eu estava lá, meu coração acelerado, como sempre ficava quando eu sentava naquela cadeira. Aprendi a mexer no computador fazia tempo. Sabia onde estavam os arquivos de áudio de todos os pacientes. Eu deveria tê-los escutado em meu horário de lazer, deitado em minha cama em casa, comendo balinhas de gelatina. Mas nunca fiz isso. Só peguei as minhas próprias coisas, porque senti na época, como sinto agora, que elas pertenciam principalmente a mim, não aos meus pais ou à Dra. Stevens.

Sempre houve uma determinada pasta que eu queria explorar. Uma pasta que me seduzia como o cheiro de pipoca com manteiga em nossa cozinha, percorrendo todo o caminho pelo *hall* até o meu quarto.

Os 7

Todas as outras pastas tinham nomes de pacientes ou datas, ou categorias favoráveis anexadas a elas. Mas essa "Os 7", o que isso significava? Ela era uma médica, então tinha que significar sete pacientes. Mas por que esses sete? E por que armazenar suas informações em uma pasta só deles, separada de todos os outros?

O que ela tinha dito para mim? *Não posso ajudá-lo. Eu quero, mas não posso. E existem outros como você, seis para ser exata. Seis outros que não posso ajudar. Seis que estão com medo, assim como você. E existe um lugar para onde quero que vocês vão.*

Eu dividi São Cristóvão ao meio. A unidade livre em minha mão foi inserida com cuidado na porta USB. As pernas de prata do santo estavam esticadas para fora, fazendo parecer que sua cabeça estava dentro do computador da Dra. Stevens procurando "Os 7", bisbilhotando as pastas como se procurasse o que era meu.

Eu não olhei lá dentro naquele instante. Simplesmente arrastei a pasta para a unidade e observei dezenas de arquivos de áudio serem copiados para minha posse.

Eu não precisava abrir a pasta para saber o que encontraria dentro dela. Eu encontraria meu próprio nome lá. Havia seis outros, e havia eu.

Eu era um dos 7.

Durante os meses que se seguiram, a Dra. Stevens e meus pais tentaram me convencer de que uma semana longe de casa finalmente deixaria meus problemas para trás. Ninguém estava chamando a oportunidade por seu verdadeiro nome. Em vez disso, eles usavam a isca gentil de acampamento, como em um acampamento de verão, com um monte de amigos meus andando de canoa e atirando flechas. As flechas, canoas e amigos, eu sabia, não estariam lá. Eu entendia o que realmente queriam de mim e o que pensavam sobre mim.

Eles acreditavam que eu era incurável. Eles estavam fazendo o possível e o impossível.

"Estamos tentando achar algum tipo de solução", disse meu pai, seus olhos implorando por um sim, e o tom de sua voz sugerindo que eu tinha dez anos de idade e nós éramos amiguinhos. "A Dra. Stevens acha que isso funcionaria, e nós acreditamos nela. Apenas dê uma chance."

"Diga ao Will o que ela nos falou", minha mãe adicionou, tocando a mão de meu pai. "Sobre esse sujeito, o Rainsford."

"A única razão de você poder ir é porque esse cara treinou a Dra. Stevens há uns vinte anos. Ele é algum tipo de gênio. Existe um programa que ele oferece nos arredores de Los Angeles, superexclusivo, supercaro. E ele está aceitando você praticamente de graça."

"Você vê? Nós só queremos o melhor para você", minha mãe completou. "Por que eu não posso ir sozinho?", perguntei.

"Porque tem um grupo de pessoas trabalhando nisso juntas", meu pai insistiu. "Não é como uma sessão com a Dra. Stevens. É completamente diferente."

"Você quer dizer terapia em grupo, como acontece com pessoas malucas."

Meu pai jogou suas mãos para o alto e seguiu em direção à cozinha, mas então ele se virou de volta e colocou a palma de suas mãos na mesa de jantar onde eu e minha mãe sentávamos.

"Apenas pense no assunto, tudo bem? Nós achamos que é o melhor para você."

Semanas se passaram nas quais eu implorei aos meus pais, mas chegou um momento, cinco dias antes da minha partida, em que percebi que eles não me deixariam ficar em casa. Eu sabia disso principalmente por causa do meu irmão mais novo, Keith, que era assustadoramente preciso em prever as intenções dos meus pais.

"Você vai, já está decidido", ele me disse. Estávamos sentados no chão do meu quarto jogando Berzerk em um velho

Atari 2600 que eu tinha comprado no eBay. Ele usava o mesmo boné de beisebol verde-limão de sempre, puxado para baixo, de modo que seu cabelo ficava espetado ao lado de suas orelhas.

O jogo, como muitos daquela época, fazia alguns dos melhores sons de robôs que eu já tinha escutado. Eram os tipos de sons que grudavam na minha mente e dançavam até o amanhecer. Quando os robôs o encontram, eles correm atrás de você com um aviso repetitivo: *Alerta, intruso! Alerta, intruso!* O aviso soa como uma voz eletrônica perto de um ventilador ligado.

Minhas pontuações eram muito mais altas do que as dele, então eu sentia pena dele, meu calcanhar de aquiles. Nunca sinta pena de um irmão mais novo em uma situação competitiva, porque ele sempre irá superá-lo no final.

"Você tem certeza?", perguntei, sem tirar meus olhos de um robô 2D andando de maneira estúpida pela tela.

"Eles estão com aquele olhar. Não tem jeito."

Keith tinha treze anos e era alto, magro e popular. Ele era quieto e misterioso como eu, mas um atleta muito melhor. Num dia eu estava acabando com ele no *air hockey* na garagem, uma vitória irrelevante, e quando me dei conta ele estava me arrasando no basquete, o que realmente fazia a diferença.

"Apenas vá", disse ele, levantando-se para ir embora, mas voltando para observar um pouco mais, absorvendo a habilidade de jogar com a qual ele iria me superar no futuro. "Não vai matar você." Quando me virei para encará-lo, ele tinha ido embora como um fantasma que havia transmitido uma mensagem ruim para então desaparecer na hora em que eu mais precisava dele. Às vezes sentia como se Keith fosse o irmão mais velho, não eu. Sentei à minha mesa e olhei a rua abaixo pela janela enquanto meu *laptop* ganhava vida.

Pelas três horas seguintes, ouvi as vozes dos 7, inclusive a minha, e joguei Berzerk, minha mente derretendo em um mar de robôs violetas e medos bizarros que eu desconhecia.

O que ela não tinha como saber ao nos sentarmos um do lado do outro no banco de trás da *van*, deixando Los Angeles, era o quão bem eu a conhecia.

A voz de Marisa Sorrento, como a de todo mundo na *van* naquele dia, me surpreendeu quando eu a ouvi pessoalmente pela primeira vez. Eu imaginava como seria conectar uma voz que conhecia intimamente com um corpo real e um rosto real. Marisa Sorrento tinha a voz que eu mais gostava e pela qual me sentia mais atraído.

"Dá para acreditar que nossos pais estão nos obrigando a fazer isso?", ela perguntou. Antes que eu pudesse responder, alguém nos interrompeu.

"Pode ser divertido, como num acampamento." Eu também conhecia sua voz. Era Alex Chow, cujos pais claramente tinham vendido a ideia a ele do mesmo modo que tinha sido vendida a mim. Saber o que eu sabia sobre Alex, mais o fato de que estávamos indo para o meio do mato, me fez pensar que era um milagre ele não ter aberto a porta da *van* e se jogado na estrada.

Uma conversa seguia nas fileiras à minha frente, e minha atenção voltou-se para Marisa. Ela era latina, o que deduzi pelo seu nome, mas se não fosse por isso eu não saberia. Sua voz, como sua pele cor de canela, era macia e quase perfeita demais. Ao escutá-la, percebi que era a voz de alguém tentando com esforço cobrir qualquer traço de sotaque.

Ela vivia com a mãe e uma irmã, eu sabia, e existia algum mistério em torno da morte de seu pai muitos anos atrás. Os olhos dela eram piscinas marrom escuro que buscaram os meus, esperando por uma resposta. O que ela tinha me perguntado mesmo?

Dá para acreditar que nossos pais estão nos obrigando a fazer isso?

Balancei a cabeça em negativa, não podia acreditar. Mas a pergunta tinha ficado no ar tempo demais, e a resposta não se conectou. Eu parecia um idiota.

"Você está se sentindo bem?", ela perguntou, seus olhos criando pés de galinha em sua expressão. "Sim", respondi. "Estou bem. E você?"

Meu Deus, que idiota. Meu rosto estava queimando vermelho. Minha língua parecia uma lixa. "Eu não sei", disse ela, sacudindo sua cabeça apenas o suficiente para que seu rabo de cavalo balançasse para de um lado para o outro. "Essa coisa toda não parece um pouco esquisita? Eu nem conheço essas pessoas."

Isso foi legal, como se ela e eu fôssemos nós e o restante fossem eles. Se pelo menos minha garganta não estivesse se apertando tanto. Eu sentia como se estivesse sugando um *milk-shake* de chocolate por um canudo dobrável.

"Tem certeza de que está bem, né?", ela perguntou novamente, afastando-se de mim como se eu pudesse vomitar em seu moletom azul a qualquer momento. E então aconteceu a coisa que eu temia que aconteceria. Minha mente se fixou em um pensamento: Eu não podia ser o único na *van* que sabia pelo menos alguma coisa do que estava acontecendo. Estavam todos olhando para mim enquanto eu lutava para recuperar o ar? Todo mundo na *van* estava doente. Doente de medo ou algo pior.

O que há de errado com Will Besting? Ei, todo mundo. Olhem para ele. Não, sério. Olhem para ele!

Eu continuava me dizendo para me acalmar. Sabia que não era isso, tudo estava bem. Essas pessoas nunca me viram, e eu nunca as vi. Elas nunca haviam se encontrado, então elas não eram um grupinho do qual eu não poderia fazer parte. Eu os conhecia melhor do que eles mesmos se conheciam. Sabia seus segredos e seus medos. Eu sabia que eles eram tão bagunçados por dentro quanto eu.

Se a Dra. Stevens ou meus pais pensaram por um segundo que eu iria a algum lugar com qualquer um deles, estavam redondamente enganados.

Eu preferia nadar em uma lagoa cheia de piranhas.

Olhei pela janela da *van* em seguida, imaginando meu irmão Keith no meu quarto brincando com os robôs. Eu estaria longe por uma semana e, quando voltasse, a longa linha com as melhores pontuações que desciam pela tela de casa diriam
WILL
WILL
WILL
e mais WILL.

E elas não poderiam todas dizer KEITH também, porque não é assim que as coisas funcionam. Irmãos mais novos sedentos por sangue são mais espertos que isso. Todas as dez vagas estariam preenchidas de cima a baixo na tela.
BOA
SORTE EM
TENTAR ME
VENCER
AGORA
KEITH!
KEITH!
KEITH!
KEITH!
KEITH!

Devia ter trancado meu quarto e descido pela janela, para ele não poder mexer nos meus pertences.

A *van* abandonou a estrada principal e pegou uma estradinha, e a Dra. Stevens começou a falar. Ela nos disse que estávamos indo para as montanhas e começou a recitar instruções. O jeito monótono com que ela falava sobre como todos nós nos conheceríamos e o quanto isso tudo seria legal teve o efeito de nos calar.

"Eu quero que cada um de vocês pense neste fim de semana como o início do fim", ela instruiu, virando em uma estrada de cascalhos. "O fim do peso que vocês carregaram por tempo demais. Apoiem uns aos outros, conheçam uns aos outros. E deixem o processo fluir."

Eu estava vendo essas pessoas pela primeira vez após ouvir suas vozes por semanas seguidas. Lá estava Connor Bloom, um cara grande com um corte militar, o tipo de atleta que dominava onde a força bruta fosse uma vantagem fundamental no campo. O rosto de Alex Chow não batia com o estereótipo acadêmico. Ele era mais cavalheiro do que eu esperava, mas eu sabia que ele não era assim.

Alex era mais esperto que todos nós juntos. Ele só preferia que nós não soubéssemos. Ben Dugan era magrinho e baixo, uma condição que diminuía sua confiança no que diz respeito a meninas. Mas eu gostei dele logo de cara, porque ele não tinha aquele jeito de caras baixinhos que ficam grudados em você o tempo inteiro. Avery Varone tinha cabelo preto, era bonita e quieta. Kate Hollander era loira, linda e dominadora. Ambas correspondiam em boa medida às minhas expectativas. E Marisa Sorrento era tudo o que eu esperava dela: um sorriso doce, pele perfeita, era nervosa, mas sob controle. E, o que era importante, ela não parecia completamente fora do meu alcance. Se tivesse coragem de chamá-la para sair, era possível que ela não risse da minha cara.

Nós ainda viajaríamos seis quilômetros e meio na estrada de cascalho, onde eu ouviria o barulho ruidoso de nossos pneus esmagando as pedras. Eu sabia disso. Eu tinha visto o mapa ocupando espaço na pasta marcada como Os 7. Depois disso, mais três quilômetros em uma estrada de terra com trilhas aleatórias nas laterais que se ramificavam para dentro da floresta. No mapa, as trilhas lembravam raízes de um mato enorme que arranquei do meu jardim uma semana antes. Seis quilômetros e meio em uma estrada de cascalho, três quilômetros em uma estrada de terra que parecia um mato, e iríamos ainda mais distante. O que eu sentiria se fosse essas pessoas? Eu sabia o quão longe tínhamos que ir e o que encontraríamos quando chegássemos lá, mas ninguém mais sabia. O grupo permaneceu meio parado até alcançarmos um portão trancado na estrada e a Dra. Stevens sair da *van* para abri-lo.

"Não estamos mais no Kansas", alguém disse, e todo mundo riu de nervoso.

Tinha sido Kate Hollander, sentada no banco do passageiro ao lado da Dra. Stevens. Ela era inalcançável para os meros mortais, o que fazia o que eu sabia sobre ela parecer mentira. Se não a tivesse escutado dizer certas coisas, eu as teria classificado como mentiras sobre uma garota popular contadas por seus inimigos pelas suas costas.

Dirigimos por quase mais um quilômetro, descendo abruptamente em uma densa floresta de árvores. A estrada era desnivelada, me sacudindo de um jeito tão violento que meus dentes trincaram. Olhei para Marisa, que estava olhando pela janela como todo mundo. Queria esticar o braço e tocar seu ombro, dizer que tudo ficaria bem, mas eu sabia que não era bem assim. Ela tinha perdido o interesse em mim como o restante. Eu era um fantasma para essas pessoas.

A estrada chegou ao fim, e a Dra. Stevens manobrou a *van* para o lado oposto, apontando-a de volta para a estrada íngreme. As portas da *van* foram abertas e todo mundo desceu, carregando mochilas entupidas de mantimentos.

"Fiquem à direita, é menos de um quilômetro", disse a Dra. Stevens. Ela estava parada na nossa frente, uma das mãos ainda na maçaneta como se ela fosse um colete salva-vidas.

Ben Dugan, que era uma cabeça mais baixo do que eu, ficou cinza. "Você não vem com a gente?"

Eu esperei o resto do grupo rir. Sob circunstâncias diferentes tenho certeza de que ririam, mas eles estavam tão ligados à Dra. Stevens quanto Ben, e nós estávamos no meio do nada. Nenhum de nós queria avançar sozinho pelo caminho.

"Esse é o começo do fim de seus problemas. Exatamente aqui e agora", disse a Dra. Stevens. Ela olhou para o chão e inspirou subitamente, então seus olhos encontraram os meus, cheios de lágrimas. "Vocês terão que aprender a confiar uns nos outros."

"O senhor das moscas", disse Kate, colocando um braço em torno de Connor Bloom, o maior cara do grupo. "Eu e você até o final."

Eu sabia que não seria assim até o final, mas mesmo assim as alianças estavam sendo feitas. Os fracos já estavam sendo colocados de lado.

A Dra. Stevens abriu a porta da *van* e entrou, olhando para nós pela janela aberta.

"Eu não posso curar vocês, mas ele pode. Uma cura está esperando por cada um de vocês no final daquele caminho." E então, como num passe de mágica, ela se foi e nós ficamos sozinhos.

―――

"Sem sinal, que ótimo."

Ben Dugan estava segurando seu celular sobre sua cabeça, apertando os olhos contra o sol, na esperança de uma linha de comunicação fora da mata.

"Alguém aqui *não usa* Nextel?", perguntou Connor, coçando seu cabelo curto com os nós dos dedos e balançando seu celular para lá e para cá, tentando captar um sinal (ou talvez um raio, difícil dizer).

"Nós estamos sem sinal há uma hora", disse Marisa. "Será que não perceberam?"

Sem paciência para garotos estúpidos, pensei. *Anotado.*

Todo mundo passou a tirar fotos, já que não teriam mensagens de texto indo e vindo para contar sobre a aventura selvagem em que estavam metidos. Melhor ter pelo menos algo para colocar *online* quando isso tudo acabar do que chegar ao Facebook sem nada para mostrar após uma semana fora da rede. Não fazer nada estava fora de questão. Eles precisavam estar fazendo *algo*, melhor ainda se fosse terrivelmente interessante.

Conforme caminhávamos, olhei para o alto da minha posição no final da fila, procurando pelo sol, mas não pude encontrá-lo. Árvores altas cheias de agulhas verdes tampavam o céu. Nós perambulamos para cá e para lá pela densa floresta, e um par de corvos crocitou raivosamente, nos seguindo a distância.

O caminho era largo o suficiente para duas pessoas caminharem lado a lado e, quando começamos, Kate e Connor foram à frente. Ben Dugan começou a andar com Alex Chow, os dois já agindo como se se conhecessem há muito tempo. Marisa caminhou ao lado da pessoa mais quieta do grupo, a que mais atiçava minha curiosidade. Seu nome era Avery. Ela havia passado por um monte de lares adotivos nos últimos anos, e também não estava indo bem no lar onde morava quando partimos. Marisa ficou para trás e passou a acompanhar os meus passos enquanto eu respirava profundamente, o cheiro de pinho e lama que se desprendeu do caminho preenchendo os meus pulmões.

"Nossa, ela é calada", Marisa murmurou em minha direção. "Que nem você."

Fiquei imaginando eu e Avery em uma sala, a intensa conversa de duas palavras que rolaria.

Oi, ela diria.

Oi, eu responderia.

Um silêncio mórbido se instalaria e nós passaríamos a encarar nossos sapatos.

A tarde tinha chegado. Um calor de final de setembro se formava e Marisa tirou o casaco de moletom.

"A situação é a mesma para você, certo?", disse Marisa, nós dois para trás do grupo uns sete ou oito passos. "Você nunca conheceu nenhum deles?"

Olhei rapidamente para sua camisa vermelha e tentei ler as palavras escritas em letras pretas sobre seu peito, mas não consegui. O ângulo não ajudava.

"Não os conheço", eu disse. Estritamente falando, isso era uma mentira, mas o que mais eu poderia dizer? *Na verdade, eu sei tudo o que há para saber sobre todas essas pessoas, incluindo você.*

Tentei mais uma vez ler as palavras na camisa dela, e meus olhos caíram em seus braços nus, que não pareciam muito diferentes de um forte bronzeado californiano que eu tinha visto milhares de vezes antes.

"Alex é um cara bonito", disse ela. "Pena que ele é gay."

"Sério?", eu disse, a palavra saindo tão rápida de minha boca que não pude contê-la. Eu estava mantendo uma conversa com ela, ou algo parecido com uma.

"Claro que é. Ele gastou umas quatro ou cinco horas fazendo compras na REI, se preparando para a viagem. Ninguém fica com uma aparência dessas sem realmente se esforçar para isso."

Eu não via exatamente como isso significava algo além de se preparar, ou talvez algum tipo de transtorno obsessivo--compulsivo, mas o que eu sabia da vida?

"Onde você estuda?", ela me perguntou. "Em que ano você está? Deixe eu adivinhar: ensino médio, escola particular, uma bem exclusiva."

Errada nos três chutes, mas eu disse que sim. A verdade? Estudava em casa, tecnicamente no ensino médio, mas eu tinha sido rápido nos estudos, então eu já estava fazendo cursos universitários *online*. A parte do exclusivo, pensando bem, era mais verdadeira do que ela imaginava. Uma escola de uma pessoa só.

Fiz uma última tentativa de olhar rapidinho as palavras na camisa dela, e dessa vez ela notou. "Não importa", disse ela. De repente, ela se afastou dois passos de mim, a distância entre nós aumentando a cada segundo.

Foram os meus olhares insistentes para seu peito curvilíneo que a aborreceram ou foi o meu sim silencioso para suas perguntas? De qualquer maneira, eu tinha estragado tudo.

"Espere", disse antes que ela alcançasse o restante do grupo. Ela se virou, batendo em retirada, e eu finalmente li as palavras na camiseta dela.

I WANNA BE ADORED, eu quero ser adorada.

Pode deixar comigo, pensei. Uma boa cantada se eu a tivesse dito em voz alta, ou possivelmente uma ruim para valer que ela já tinha escutado centenas de vezes. Eu sabia que havia algum significado oculto naquela mensagem da camiseta, e eu queria dizer isso, mas minha boca ficou seca como pó no caminho quando ela parou e me esperou alcançá-la. Caminhei na direção dela e senti como se o mundo estivesse pendendo a meu favor, mesmo que por meio segundo.

"O que foi, Will? O que você quer?"

Eu quero dizer que *meu pai dirige um caminhão de entrega, minha mãe faz tatuagens e piercings, que eu gostei da sua camiseta, que eu não vou à escola.* Só que eu não disse. Quanto mais perto eu chegava, mais nervoso eu me sentia. Minha mente deu branco, e eu fiquei olhando as árvores.

Marisa balançou a cabeça e começou a andar até alcançar Avery, e as duas caminharam em silêncio. Eu passei meus dedos por trás das alças da minha mochila e as segui, observando os saltos de seus sapatos levantarem poeira.

Todos chegaram à bifurcação no caminho, reunindo-se como um bando de patinhos atrás de Kate e Connor.

"Venha, se apresse", Ben gritou para mim, e o grupo de seis pessoas se moveu para a direita. Eu fiquei mais para trás porque sabia que estávamos chegando. Logo o caminho terminaria e eu perderia a minha chance. Marisa me ofereceu mais um olhar fugaz sobre o ombro, nossos olhos nos encontrando, e então ela se foi.

Todos eles se foram, e eu fiquei sozinho na bifurcação, ouvindo, à medida que suas vozes se misturavam com o vento passando pelas árvores e ficavam mais suaves.

Após um tempo, eu não conseguia mais escutá-los.

O caminho para a esquerda mal podia ser chamado de trilha. Tudo naquela floresta selvagem dava a impressão de se perder em si mesmo conforme eu me aprofundava, deixando pouco mais que um rastro de sujeira percorrendo uma linha na densa vegetação rasteira. As árvores permaneciam balançando sinistramente sobre minha cabeça, e havia os corvos, muitos deles agora, observando cada movimento como sentinelas da muralha de um castelo. Pressenti uma clareira à minha direita e deixei completamente a trilha, na esperança de ver os outros seis.

Rastejar no chão da mata foi fácil o suficiente, como abrir um túnel em um milharal, e, antes que me desse conta, tinha chegado à margem. Eu não ousava colocar minha cabeça para fora dos arbustos. Não precisava. Podia ver muito bem o que repousava à minha frente através da vegetação esmagada: um lugar escondido, surgindo de forma inesperada da sujeira. Eu sabia o que era. Eu tinha o mapa da pasta de nome Os 7.

Forte Éden.

O lugar enviou um arrepio de medo pela minha coluna no momento em que o vi. Era achatado, feito todo de lajes de concreto repletas de musgo e trepadeiras. Minha primeira impressão foi de um enorme caixão abandonado na mata durante anos, invadido por uma ameaçadora floresta de escuridão. Ao mesmo tempo, eu não podia deixar de pensar no velho Éden, aquele da Bíblia.

Esperava-se que o Éden fosse um lugar perfeito onde nada morria e as pessoas eram sempre felizes. Mas o forte era uma espécie de anti-Éden, o lugar que restou após a queda da humanidade. A floresta continuava uma floresta, mas era selvagem, desordenada e sombria. Não havia dias perfeitos ali, ninguém rindo.

Eu vi o grupo, todos os seis, esperando em frente ao forte com expressões preocupadas em seus rostos. Mesmo a confiante Kate Hollander estava agitada.

"Isso não pode estar certo", disse ela, sua voz flutuando pela clareira em fragmentos claros de cristal.

"Nós deveríamos voltar", disse Ben, e foi aí que todos notaram de uma só vez que eu não estava lá. As palavras bateram afiadas nos meus ouvidos, como se fossem disparadas do tambor de uma arma de chumbinho.

    Alex: *Ei. Fantasmagórico. Qual era mesmo o nome dele?*

    Connor: *Will! Apareça, cara.*

    Ben: *Nós deveríamos voltar e procurar por ele?*

    Kate: *Eu acho o seguinte, se eles pensam que vamos morar naquela coisa por uma semana, podem esquecer.*

    Marisa: *Tá falando sério, Kate?*

    Avery: *(calada, em silêncio).*

    Eu olhei de um lado para o outro, observando toda a clareira, avaliando minhas opções. Havia o forte, uma grande "caixa" retangular de cantos rígidos com uma porta gigante na frente e janelas gradeadas ao longo de suas laterais. Uns trinta metros para a esquerda ficava uma construção menor, quadrada em suas laterais e tão assombrosamente repulsiva quanto o Forte Éden. Pelo mapa, sabia que aquele era o Bunker, seja lá o que isso significasse. Uma enorme árvore havia caído junto ao Bunker e o tronco tinha se rompido em dois, a metade de cima descansando como um animal morto sobre o telhado plano. As pinhas e folhas da árvore haviam sumido há muito tempo, substituídas por um aglomerado de cogumelos marrons e amontoados de um musgo verde e pegajoso. Do outro lado do Forte Éden, um caminho levava para a floresta, além da qual eu sabia existir uma lagoa.

    Antes de os outros decidirem se deveriam voltar e me procurar ou subir nos degraus da frente e bater à porta de um forte ameaçador de concreto, uma pessoa saiu da construção menor. Eu a vi primeiro, porque já estava olhando para o Bunker. Ela era velha, estava vestida como uma pessoa da floresta: uma camisa de flanela escura, calças de trabalho e botas. A mulher percorreu vagarosamente o caminho de paralelepípedos, de um jeito moroso e constante.

"Quem aí está a fim de sair correndo?", Ben perguntou muito alto, pensei. Mas, então, ele estaria sentindo o terror começar a nascer no fim de sua garganta. Quanto mais para dentro do caminho tínhamos seguido, mais quieto ele tinha se tornado. Ele estava começando a sentir a presença de coisas das quais não queria fazer parte.

No meio do caminho entre o Bunker e o Forte Éden, a mulher parou. Ela parou exatamente em frente ao lugar onde eu me escondia na vegetação rasteira e cheirou o ar como um cachorro procurando um rastro. O olhar dela virou em minha direção e tive um sentimento inquietante em meus ossos.

Ela está me vendo.

Mais tarde eu concluiria que tinha sido um jogo de luzes através das árvores. Mas naquele momento, escondido como eu estava e congelado no lugar, estava convencido de que ela havia procurado pela floresta inteira e firmado seus olhos de cobalto diretamente na minha cara. Quem quer que fosse, tinha um rosto severo, sem emoção e frio. Seu cabelo era curto e praticamente branco, com pequenas manchas de preto em torno do topo de sua cabeça. Ela se cansou de encarar as árvores e logo estava pisando os degraus de concreto do forte.

Pareceu não notar o grupo desnorteado de adolescentes até alcançar o último degrau e se virar para ele.

"Eu sou a Sra. Goring, a cozinheira", disse de um jeito firme. Sua voz era fina, porém forte. "Não sou empregada nem mãe de vocês. Ajam como adultos e eu não vou cuspir no seu mingau."

Tive a impressão de que ela aproveitava a oportunidade para esclarecer seus sentimentos antes que o dono do lugar pudesse alertá-la a deixar os convidados em paz. Ela enfiou seus dedos no bolso do jeans. "Também sou toda a equipe de manutenção: encanadora e faz-tudo, o pacote completo. Se virem algo aqui que acham que poderia quebrar, não mexam."

Alex Chow levantou sua mão.

"Não me lembro de ter dito que eu era uma guia turística", disse a Sra. Goring. "Mas vou responder uma pergunta. Mande ver quando estiver pronto."

"Um de nós desapareceu."

A Sra. Goring pareceu contar as cabeças, como se Alex estivesse brincando ou fosse apenas estúpido.

"É verdade", ela respondeu. "Onde ele pode ter ido?"

Alex abriu sua boca, mas não rápido o suficiente para superar Connor Bloom, encarnando o capitão do time.

"Achamos que ele pode ter tentado voltar para casa", disse Connor, o que foi novidade para mim.

"Fale por você mesmo", disse Marisa.

A Sra. Goring fez pouco da situação como se não fosse problema dela e, com algum esforço, empurrou e abriu a porta.

"Lembrem o que eu disse", ela concluiu. "Não sou empregada de vocês. E não toquem nas coisas." Por algum motivo inimaginável, Kate subiu os degraus e passou pela Sra. Goring. Isso pareceu desencadear um êxodo do lugar, pois Connor a seguiu, e depois Ben e Alex.

Avery deu de ombros e subiu os degraus de concreto. Marisa me deu uma última chance, se virou para o caminho e levantou o tom de sua voz em direção às árvores.

"Nós vamos entrar, Will. Se estiver por aí, queremos que venha conosco."

Eu queria responder, *você poderia vir aqui comigo em vez disso. Você não precisa entrar.*

Mas não pude fazer isso. Eles viriam todos correndo. Eles me fariam ir com eles, que era algo que simplesmente não aconteceria.

Marisa subiu os degraus, e Connor empurrou a porta e a fechou atrás dela. Olhando para a clareira vazia, me dei conta de minha condição com uma conclusão alarmante. Eu estava sozinho.

Passei duas horas imóvel, a não ser para observar as construções e abrir minha mochila. Durante esse tempo, o vento soprou as camadas de nuvens cinzas e uma chuva fina começou a cair. Eu vim preparado com um capuz, que puxei para fora e coloquei na cabeça. Também tinha umas trinta barrinhas comestíveis e seis garrafas de água na mochila. Além disso, havia um canivete suíço, alguns fones de ouvido, sete pares de cuecas, duas camisas brancas, uns pares de meias, minha escova de dente e um sabonete ainda na embalagem. Também havia uma lanterna de bolso e uma coberta enrolada, amarrada por fora. E, por último, meu Gravador,[1] algo que não ousei tirar da mochila enquanto todos estavam por perto.

---

[1] História do Gravador
A primeira pessoa a ver meu Gravador foi meu irmão, Keith. Ele tinha onze e eu, treze. Ele vinha visitando meu quarto todo dia por semanas, implorando por sobras.
"Você nem precisa desse aqui. Você tem um monte igualzinho."
Quando Keith ganhava sua semanada, não podia esperar cinco minutos antes de pegar sua bicicleta e ir para o Starbucks para uma recompensa instantânea de cinco dólares.
Eu era o oposto, um economizador. E por muito tempo não tinha ideia do motivo de economizar.
"Vamos, me empresta aí dez pratas. Eu te devolvo tudo depois."
Eu poderia ter dito sim se Keith não tivesse se mostrado um péssimo emprestador. Ele tinha pelo menos duas falências no seu futuro. E, além disso, eu finalmente tinha descoberto o que fazer com meu dinheiro.
Quando completei doze, minha mãe me apresentou às aulas de nível superior *online* de uma escola técnica na Índia. Cursos incrivelmente baratos ensinados por deuses indianos da tecnologia com sotaque pesado, cobrindo assuntos nos quais eu de fato tinha algum interesse. Primeiro eu peguei programação de videogame, depois uma série sobre eletrônicos e então integração de *hardware*. Eu repeti aproximadamente metade das aulas que escolhi, mas meu interesse tinha sido despertado.
Eu era um *geek* de áudio de coração, mas gostava de vídeo também. Os diplomas caseiros em eletrônica e programação me levaram ao próximo patamar. Eu terminei na Craig's List comprando câmeras digitais e iPods velhos até meu dinheiro acabar.
Então eu abri e comecei a investigar. "O que diabos é isso?"
Keith estava de volta, sugando sua semanada por um canudo plástico, olhando sobre o meu ombro. "É o meu Gravador."

Algumas pessoas não vão a lugar algum sem um celular ou um livro. Eu sou assim como o meu Gravador. Gravo vozes e sons, às vezes vídeos, e os transformo em algo interessante.

E eu gosto de ouvir, provavelmente o motivo que me levou aos arquivos da Dra. Stevens, para começo de conversa.

Sem ter nada para gravar além da minha própria voz, algo que tenho escutado demais ultimamente, conectei o microfone no meu Gravador e o apontei para o bosque, para gravar os sons da natureza conforme as sombras cobriam o Forte Éden.

Às 19h, a Sra. Goring saiu do Bunker e se sentou pesadamente em um banco de concreto, deixando a porta aberta atrás dela. Eu não a tinha visto retornar do Forte Éden, mas talvez existissem outras portas e outros caminhos de cascalho que passariam pela clareira que eu não conhecia. Ela assuou o nariz ferozmente em um trapo de pano, e então encostou sua cabeça na superfície áspera do Bunker. Não fosse por seus movimentos ocasionais, eu diria que ela tinha caído no sono.

Às 19h20 ela se levantou e caminhou para a parte de trás do Bunker, de onde ouvi o som afiado de um machado atingindo a madeira.

Essa Sra. Goring tem mesmo energia, eu pensei. *Ela realmente consegue manejar aquela coisa.*

Entendi o som como um mau sinal. Se a situação ficasse realmente complicada e eu tivesse de lutar para sair do complexo, preferia que meus adversários fossem bons em Banco Imobiliário, e não em cortar coisas.

Essa era a época do ano em que a noite se tornava mais fria nos subúrbios, mas eu não tinha contado com a noite nas

---

"Parece um pedaço de lixo de setecentos dólares."
"Obrigado, Keith. Da próxima vez eu quero sua opinião, eu vou arrancá-la à força." "Ah é? Você e que exército de *geeks*?"
Deus, ele me perturbava para valer de vez em quando. Mas podia notar que ele estava com ciúmes. É claro que meu Gravador era basicamente o mesmo que um novo iPhone sem a parte do telefone, mas eu o tinha construído sozinho, e ele parecia um Frankenstein.

montanhas e a queda inesperada de temperatura. Apertei meu capuz por cima das minhas orelhas, um arrepio percorreu o meu corpo e fiquei pensando no que deveria fazer.

    Ninguém veio me procurar como imaginei que fariam. Nenhum grupo de busca, nem mesmo um apelo amigável para entrar no Forte e sair do frio. Talvez já tenham esquecido que eu exista ou nunca tenham se importado comigo. Ou talvez estejam todos mortos. Era uma possibilidade.

    Uma aranha marrom teceu uma teia sobre minha cabeça entre os galhos, e eu a observei ansioso, ouvindo o som da Sra. Goring partindo madeira. Então me ocorreu que ela estava atrás do Bunker, onde não podia vê-la, o que significava que ela também não podia me ver. O Bunker estava vazio e a porta continuava aberta. Eu poderia me arriscar e ficar do lado de fora a noite inteira, mas o quão frio e úmido estaria o clima às 2h da manhã, e quem ou o que viria me procurar na parte mais escura da noite? O Forte Éden estava fora de cogitação. Eu não poderia entrar lá. Eles não poderiam me obrigar.

    Um silêncio profundo caiu sobre a clareira, e eu guardei meu material de gravação. A noite se aproximava, e eu ainda estava na escuridão que se formava, soltando meu cabelo que se prendia na teia de aranha sobre minha cabeça.

    Peguei fôlego duas vezes profundamente, limpei minha mente e olhei para a porta do Bunker. E então corri.

OS DIAS DE NOSSO CATIVEIRO

BEN

A massa monstruosa do Forte Éden está viva. *Está prestes a saltar do chão como um monstro agachado eu me destroçar. Não olhe para trás. Continue se afastando da porta.* O que senti enquanto corria pela clareira não poderia ser verdade. Era uma invenção assustadora da minha imaginação, nada mais. Mas isso não a tornava menos perturbadora com minhas costas coladas na parede interna do Bunker.

Eu tinha conseguido, mas não parava de pensar que o Forte Éden havia me observado, tentando decidir o que fazer a meu respeito.

Aí está você, Will Besting. Eu estou vendo você correndo. Alerta de intruso! Alerta de intruso!

Balancei minha cabeça e prestei atenção em qualquer som que pudesse me dizer o que fazer, pegando meu Gravador e o apontando ao redor da sala. Será que havia gente morando no Bunker que ainda não tinha dado as caras? Talvez a Sra. Goring tivesse uma filha adotiva maluca usando um vestido branco de formatura e empunhando uma régua metálica ou um bastão de beisebol. Se isso fosse verdade, eu a escutaria falar sozinha ou bater sua arma contra a tábua do pé de sua cama.

Não ouvi nenhum desses sons. Por um momento pensei ter escutado uma fungada, como se viesse de um animal grande e hostil, mas percebi que era meu próprio nariz escorrendo no meu rosto semicongelado.

Então era isso, o Bunker seria um lugar tranquilo, de paredes de lajes e mobília esparsa. Nem mesmo um relógio fazendo tique-taque. O silêncio já estava me corroendo por dentro. Também era frio no interior do Bunker. Provavelmente era por isso que a Sra. Goring estava cortando madeira lá fora quando corri pela clareira.

O Bunker, piso principal

Caminhei por um corredor estreito, escuro e nada convidativo ouvindo o retorno da Sra. Goring. Esperei ouvir meus próprios passos rangendo o piso, mas todo o lugar era feito de concreto de derramamento, incluindo o piso onde eu estava. Havia algo sobre aquele silêncio mortal dos meus movimentos que me apavorava. Se eu poderia me mover silenciosamente, então outra pessoa também poderia. E se *existisse* uma pessoa maluca vivendo no Bunker? Eu não escutaria uma régua dançando em direção à minha nuca até que fosse tarde demais.

Por dentro, ele era menor do que eu esperava, o que me fez pensar que as paredes do Bunker tinham quase um metro de espessura. À direita ficava uma sala de estar com duas cadeiras esfarrapadas e uma lanterna de querosene como a que o meu pai tinha comprado em uma promoção muitos verões atrás, pensando que nós a usaríamos em uma viagem para acampar. A viagem fora cancelada porque Keith tinha acampamento de beisebol, e agora a lanterna fica em nossa garagem pegando teias de aranha.

Será que o Bunker não tinha eletricidade? Se não tinha, como a Sra. Goring cozinhava a comida que Marisa e os demais comeriam?

No canto da sala havia uma ampla boca incrustada de fuligem e linhas negras subindo pela parede: a lareira.

Eu continuei me movendo, dando uma olhada no quarto, onde duas camas idênticas ficavam próximas uma da outra na escuridão, como um par de dentes apodrecendo. Do lado oposto do quarto, um banheiro que não quis explorar. Permaneci no ponto central do Bunker e olhei para a outra ponta do corredor por onde entrara. Estava escuro lá, e eu mal conseguia ver a porta com a luz entrando por suas frestas. Eu me virei para o restante do Bunker, um reflexo exato da primeira metade. Dois ambientes – uma cozinha e uma área de serviço – com eletrodomésticos antigos mas muito reais. Então havia eletricidade.

Voltei para o meio do Bunker e encarei o fim do corredor, e duas péssimas conclusões me vieram de uma só vez.

A primeira era que não havia um lugar para eu me esconder, e certamente nenhum lugar para morar até a Dra. Stevens voltar para nos buscar.

A segunda, a pior dedução, era que a porta do Bunker estava sendo aberta.

―――

Segui para a cozinha, porque era o cômodo que eu esperava que ela visitasse por último. A Sra. Goring iria acender o fogo na sala de estar, talvez tirasse suas botas e sentasse um pouco por lá. Caminhei pé ante pé pelo chão liso, com cuidado para não esbarrar em nada que pudesse tinir ou cair, e cheguei ao canto mais deserto do cômodo. Eu me agachei atrás de uma bancada de pedra e, me inclinando para trás, descobri que isso não era um canto, era outra coisa: uma abertura do chão em direção ao teto com um metro ou mais de largura, escondida na escuridão.

Minhas mãos tocaram a parede fria atrás de mim, exatamente quando a Sra. Goring praticamente flutuou para a cozinha. Ela era como uma aparição fantasma, tão quieta, e percebi que ela estava com suas meias soquete. Eu estava certo sobre ela tirar as botas. Eu me arrastei pelo escuro assim que ela acendeu uma lanterna na cozinha, enviando sombras dançantes pelo corredor inclinado.

Eu estava do outro lado da parede, no topo de uma rampa sólida que mergulhava na escuridão, o que significava que o Bunker tinha um porão. Ele tinha sido parte de um forte uma época, então isso não deveria ter me surpreendido, mas me surpreendeu.

"Mal posso esperar para cozinhar para esses idiotas," a Sra. Goring gritou, toda a ternura indo embora de sua voz. Ela estava falando com as paredes, reclamando. Nos degraus em frente ao Forte Éden, sua voz pareceu suavizar-se e ficou quase delicada em sua autoridade. Mas ali, no Bunker, ela realmente podia se lamentar.

Um pensamento cruzou minha mente enquanto a Sra. Goring deixava a cozinha para verificar o fogo. Eu tinha descido uma estrada de cascalho, uma estrada de terra, uma estrada desnivelada. Tinha descido uma trilha no meio da floresta e entrado em um velho *bunker* no meio do nada. Mas o porão era algo pior. Ele parecia eterno, sem fim e deserto. A viagem pela toca do coelho que tinha começado em uma *van* em plena luz do dia tinha me levado a uma entrada que me conduziria ao submundo onde ninguém poderia me ouvir gritar.

Eu peguei a lanterna no meu bolso da frente e a liguei, iluminando o caminho abaixo com um fino rastro de luz azul. Aquilo era uma rampa, de fato, como uma rua estreita e inclinada. Na sua base, uma porta aberta.

Minhas opções eram bastante limitadas: descer a rampa ou entrar no Bunker e lidar com a Sra. Goring.

"Um passo de cada vez", eu disse a mim mesmo, e assim teria sido por alguns minutos se a Sra. Goring não tivesse voltado para a cozinha. Sua proximidade me incomodava, o que foi ótimo, porque logo em seguida desci a rampa e passei pela porta aberta lá embaixo, e então eu a ouvi vindo logo atrás.

No momento em que a Sra. Goring começou a descer a rampa eu já estava no subsolo, encontrando meu caminho entre uma linha de prateleiras em busca de um lugar para me esconder. Assim que desliguei a lanterna e a sala ficou incrivelmente escura, uma tonteira me atingiu em cheio, sem aviso.

Estendi a mão e segurei uma prateleira, com cuidado para não derrubar nada, e comecei a me mover em direção à parede dos fundos.

Uma luz se acendeu sobre a minha cabeça, fluorescente e ruidosa, e a sala foi banhada por um amarelo pálido. Havia três fileiras de prateleiras, e as duas em que eu me meti no meio estavam cheias de alimentos não perecíveis. Caixas de preparado de bolo, sacos de farinha, latas de tomate e sopa e...

"Chocolate quente, é disso que eu preciso. Vai ajudar com o frio", disse a Sra. Goring.

Ela estava na prateleira a minha direita, analisando as latas, resmungando para si mesma. Se estivesse procurando por um garoto sentado no chão do porão, ela teria me visto com certeza. Mas permaneci imóvel como uma pedra quando ela achou a jarra que procurava e se dirigiu à rampa, apagando a luz, e então se foi.

E ela fez mais uma coisinha que eu tinha esperanças de que não fizesse – um pequeno gesto, realmente, mas cheio de significado, dadas as minhas circunstâncias.

Ela fechou a porta do porão e, pelo que pude perceber, trancou-a pelo lado de fora.

Eu estava preso.

―――

A mesa de *air hockey* da nossa casa fica no porão, que tem janelas finas e compridas junto à margem do teto baixo, deixando a luz do dia entrar. Minha mãe constantemente coloca pilhas de roupas lavadas sobre a mesa para nos deixar malucos, e, às vezes, quando Keith perde cinco ou seis jogos seguidos, ele muda as regras aleatoriamente, a insanidade assumindo o controle do jogo de *air hockey*.

Plantando bananeira!
Queimador de cara!
Cotoveladas!

Descrever essas regras aleatórias do Keith não é realmente necessário. Elas falam por si: puro desespero em um momento de nossas vidas quando eu o exterminava de forma implacável. Em retrospecto, acho que fiz um favor a ele, fortalecendo-o antes de a competição real da escola e os esportes organizados começarem. Eu teria algo a ganhar com esse tipo de treinamento também, pensando bem.

Estava pensando em Keith e nas nossas disputas no porão enquanto sentava na escuridão do *bunker* de Goring. Será que tinha janelas ao longo do teto, como tinha no meu porão em casa? Essa era uma pergunta importante, porque acender a luz no teto me traria riscos. A Sra. Goring poderia estar sentada na sacada, espantando coiotes. O que ela faria se a luz banhasse a clareira inesperadamente? Ela saberia que havia alguém no porão. E então viria o Forte Éden. Eu tinha visto suas janelas gradeadas. Todo mundo lá dentro veria a luz. Eles poderiam achar que era a Sra. Goring. Eles poderiam pensar outra coisa.

Ouvir atentamente foi útil, porque isso respondeu mais ou menos a minha dúvida. O porão do Bunker estava mortalmente quieto. Não ouvi o fogo crepitando no andar de cima nem o som da Sra. Goring enquanto ela andava para lá e para cá entre os cômodos. Não havia máquina de lavar, nenhuma chaleira gritando com o vapor da água quente. Eu não podia ouvir o vento suave nas árvores nem os corvos lá fora.

Isso representava boas e más notícias, pensei enquanto me levantava do chão e ligava a minha lanterna de bolso. Boa porque eu poderia derrubar as prateleiras de comida aqui embaixo e ninguém iria me ouvir. Ruim porque ninguém iria me ouvir se eu gritasse por socorro. Verifiquei duas vezes, apontando a luz ao longo do teto do pequeno porão e encontrando apenas um cume de concreto cinza sem janelas. Fui até a porta que levava para a rampa e encontrei o interruptor.

Permaneci no canto do porão e verifiquei a porta, trancada pelo lado de fora, como eu temia. Prestei atenção à direita – três fileiras de prateleiras organizadas cuidadosamente do chão até o teto, repletas de grandes latas de comida e caixas. À minha esquerda, uma imensa parede de concreto com outra porta no final, da qual me aproximei, mas preferi não abrir. Melhor fazer um reconhecimento de terreno primeiro, então eu poderia voltar. Encontrei mais prateleiras na parede, alimentos não perecíveis e material de construção: placas de madeira, um vaso com pregos e rebite, uma lona mofada.

Voltei para o porão, andando junto à ponta das prateleiras sob as latas de comida, e encontrei mais uma porta. Essa não era como as outras, feitas de madeira de lei pesada e dobradiças de ferro. A porta à minha frente era feita de metal, como um *freezer*, e tinha duas palavras pintadas com tinta vermelha.

ABRIGO ANTIAÉREO

Eu não tenho medo de lugares fechados. Na verdade, gosto deles mais do que cafeterias amplas ou quadras esportivas. Mas as palavras soavam definitivas. Aquele era um lugar aonde as pessoas iriam se o mundo estivesse chegando a um fim.

Havia um pino em uma corrente segurando a maçaneta do *freezer* no lugar. O pino emitiu um som agudo de metal quando eu o removi e o deixei pendurado na corrente como um corpo pendurado em uma forca. A maçaneta estava fria em minha mão, mas eu a puxei até com certa facilidade, e a porta do abrigo antiaéreo se abriu.

Um meio-fio corria por toda a base e eu passei por cima dele, espiando um lugar estranho e secreto. Antes que me desse conta, estava dentro dele, descobrindo um botão de controle que clicou uma vez e então girou, trazendo luz ao ambiente.

Fui ao canto mais distante aonde conseguia chegar e, virando ao contrário, puxei a porta atrás de mim, deixando-a encostada.

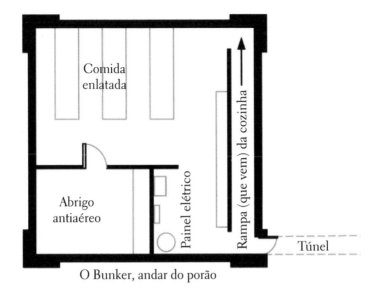

O Bunker, andar do porão

Existiam muitas coisas no abrigo antiaéreo, uma cama molenga, um respiradouro que deixava escapar um ar com cheiro de terra, uma privada encostada em um muro baixo. Havia um telefone vermelho estilo anos 1950 que não dava sinal, prateleiras com muita tralha e alguns livros amarelados e uma tomada que funcionava, com uma placa elétrica conectada para aquecer alimentos.

Mas nenhum desses itens me atraiu quando liguei o *dimmer* e acendi a luz. Foi a parede de monitores que capturou toda a minha atenção.

"Não pode ser", murmurei, tocando o vidro curvado de uma tela vazia. Tinha pouco menos de meio metro de comprimento, com uma estrutura metálica enferrujada em um canto. E ele não era o único. Havia mais seis.

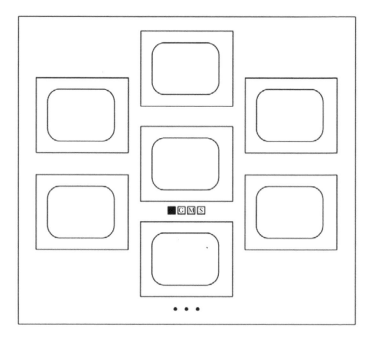

Havia sete monitores, um no centro e seis espalhados em volta em um círculo. Todos eles mirando vagamente em minha direção, e um conjunto de quatro botões no meio. Um botão era preto, os outros, marcados com as letras: G, M e S.

"Por que isso está aqui?", sussurrei, olhando uma parede que não fazia sentido. Os monitores tinham aquela cara antiga da década de 1950, então meio que combinavam – mas como? O lugar estava começando a parecer menos com um abrigo antiaéreo e mais com uma sala de segurança. Uma sala que possibilitaria que alguém visse o lado de fora após a porta ter sido selada contra o perigoso mundo externo. Havia uma parte de mim, a mesma parte que tinha ouvido as gravações por semanas, que gostava da ideia de observar em segredo o mundo externo. Isso poderia ser interessante.

Pus minha mochila no chão liso, peguei uma das garrafas de água e bebi metade do seu conteúdo. Meu dedo pairou sobre o botão M, então eu o apertei e um clique contínuo e alto ecoou no abrigo antiaéreo. O monitor central ganhou vida. Ele ficou escuro primeiro, como uma TV antiga que não era usada há muito tempo e precisava de uns segundos para acordar. Conforme a imagem ficou mais clara, eu os vi: um grupo em uma sala aberta, sentado em torno de uma mesa grande como se estivessem contando histórias de fantasmas. A luz era fraca, mas eu conhecia aquelas pessoas.

As costas de Ben Dugan, um punhado de cabelo negro cobrindo a gola de uma camisa polo. A sua direita, a forma abobadada e cortada da cabeça de Connor Bloom. À esquerda de Ben, Alex Chow. E os rostos das garotas à medida que o círculo seguia: Kate, Avery e Marisa.

Eu podia ver que eles estavam conversando, mas o que diziam era um mistério para mim.

O monitor mostrava, mas não contava nada. Não existia nenhum tipo de som, e, após examinar a parede, não encontrei sinal de um alto-falante ou controle de volume. Senti como se estivesse três metros embaixo da água, olhando pela superfície opaca de um lago para cabeças falantes que eu não conseguia escutar. Também parecia uma pegadinha ou punição pelo que eu tinha feito: a metade faltante do que eu tinha roubado.

Eu escutei suas vozes incorpóreas por semanas. Agora podia vê-los, mas não podia ouvir o que estavam dizendo.

O silêncio opressivo do abrigo antiaéreo fez as imagens parecerem assombradas, como se fossem pessoas mortas há muito tempo, e eu estivesse assistindo a filmes caseiros mudos de cem anos atrás. Isso ou eu tinha ficado totalmente surdo no porão do Bunker da Sra. Goring. Apertei a garrafa de água na minha mão e ouvi o plástico barato estalando entre os meus dedos. Pelo menos não tinha ficado preso em um pesadelo.

Pensei que minha sorte aumentaria com um dos outros botões, então apertei o botão branco com a letra G. Quando fiz isso, o botão M veio para frente, e a tela começou a se encher com a imagem de um cômodo diferente. O tubo dentro do monitor lutou para ligar, a imagem trêmula e fraca. Ela estava mais escura do que a primeira, e a imagem nunca se ajeitava totalmente. Seja lá qual fosse a câmera conectada a ela, estava apontada diretamente para uma cadeira vazia. Atrás da cadeira ficava uma parede de concreto cinza com os números 2, 5 e 7 estampados em vermelho, igual à porta do abrigo antiaéreo. Eu me afastei do monitor, sentindo que havia uma conexão aqui. Quem quer que tivesse pintado a porta do abrigo antiaéreo também tinha pintado os números 2, 5 e 7. Suspeitei que o cômodo ficasse no andar de cima do Bunker e eu não tivesse visto. Ou isso ou estava no Forte Éden.

Avancei lentamente e apertei o botão M. A tela morreu de novo, e então voltou trêmula e vagarosamente a funcionar. Ela mostrava o mesmo da última cena: uma cadeira vazia, uma parede cinza e quatro outros números estampados em vermelho: 1, 3, 4, 6.

"Esquisito", murmurei, bebendo o resto da água e rezando para que a descarga da privada fluísse em silêncio quando eu precisasse usá-la. Eu me senti subitamente cansado e olhei meu relógio pela primeira vez em horas: 22h35. Como tinha ficado tarde tão rápido?

Sentei na cama molenga, olhando para o cômodo vazio e os quatro números.

"Somos nós", eu disse, inclinando-me para trás sobre meus cotovelos, sentindo o peso do sono chegando. "Sete números, sete pacientes. G para garotas, M para meninos, S para sala principal."

Eu tinha certeza disso da mesma maneira que sabia que poderia devolver qualquer queimador de cara que o Keith disparasse em nossa mesa de *air hockey* em casa. Esses números éramos nós. Esses quartos significavam alguma coisa.

Coloquei meus braços atrás da cabeça e deitei, uma sensação pesada em minhas pálpebras.

Tão quieto. Muito muito quieto, como uma câmara de tortura silenciosa sugando minha vontade de viver.
A voz de Keith apareceu no final da minha vigília.
Mude o canal, Will. Esse show é super sem graça.
E então adormeci.

=====

O chão polido do corredor é um toque frio no meu corpo, mas estou tão fraco que não consigo levantar. O corredor é branco e longo. Estou sozinho, então vem uma sombra, bem longe e se movendo na minha direção: uma maca móvel com um corpo no topo, suas rodas fazendo barulho. Está perto agora, o lençol branco manchado de sangue. Tento levantar quando o carrinho passa por mim, mas não posso.
Will?
É Marisa na maca, sorrindo vagamente.
Eu quero ser adorada.
Levante, Will. Levante.
Alerta de intruso! Alerta de intruso!

Levantei-me da cama e fiquei de pé, minha mente presa entre a prontidão e o sono. Onde eu estava? A *van, a trilha, Forte Éden, o Bunker, o porão.*

Eu estava deitado em uma cama em um abrigo antiaéreo, e não sentado em um chão branco vendo Marisa passar. Apesar disso, no silêncio profundo do porão, as rodas da maca estavam lá. Uma das rodas estava balançando para frente e para trás, como se estivesse presa a um carrinho ruim de supermercado. Não havia tempo para se esconder e nenhum sentido em apagar a luz no abrigo.

Quem quer que estivesse vindo ao porão tinha acendido as luzes principais, então apagar a minha não faria qualquer diferença. Eu via sombras passarem pela fresta que eu tinha deixado na porta. A maca não só era real, como estava se movendo pelo porão.

A pessoa parou onde eles mantinham os alimentos não perecíveis. Eu me lembrei da porta fechada que tinha visto, aquela que não tinha ido verificar e abrir.

Deve ser lá que eles mantêm os corpos.

Esse pensamento circulou pelo meu cérebro até o som das rodas diminuir e então desaparecer quase completamente.

Olhei para o meu relógio: 22h58. Dormi apenas cerca de vinte minutos. Abrindo a pesada porta do abrigo antiaéreo mais uns centímetros, espiei o porão aceso e o encontrei vazio. Da minha posição estratégica, podia ver que a porta que leva ao andar de cima tinha sido deixada toda aberta. Eu poderia escapar para a floresta, ou pelo menos chegar à cozinha. Mas quem encontraria lá: a Sra. Goring de pé no Bunker com um cutelo de açougueiro?

Convenci-me a sair da beira da loucura que eu tinha chegado e fui para o porão. Quem quer que tivesse descido tinha ido embora pela porta que não me importei em abrir.

Fui rapidamente para a rampa que levava ao andar superior, espiando pela quina da parede. Não havia ninguém lá, ou assim parecia, mas eu tinha deixado minha mochila no abrigo antiaéreo. Eu me virei para voltar e vi luz por baixo da porta do cômodo para onde tinha ido a maca. E algo mais, ouvi vozes. Uma pequena comemoração, ou algo do tipo, bem no fim de um corredor que eu não podia ver.

Arrastei-me até a porta e dei uma olhada pelo canto, completamente confuso. "Tire a mão do carrinho!"

Era a voz da Sra. Goring, no topo de uma rampa muito mais longa. Um túnel inclinado como o que ia do porão para o Bunker se esticava trinta metros ou mais entre duas construções. Ela estava no Forte Éden. E não era uma maca de hospital que ela empurrava, mas um carrinho de comida cheio de lanches noturnos.

"Eles são para hoje à noite. Façam render." A voz esganiçada da Sra. Goring deslizou pelo túnel. Uma porta lá no final do corredor foi batida, e o carrinho voltou a andar na minha direção. Ela passou embaixo da primeira de cinco lâmpadas sujas, uma a cada cinco metros, e eu me afastei da porta.

Andando em silêncio em direção ao meu esconderijo, me ocorreu que eu poderia conseguir andar por ali por conta própria. Talvez se esperasse até todo mundo dormir, eu poderia descobrir o que realmente estava acontecendo sem ninguém saber.

O carrinho vazio da Sra. Goring fazia barulho pelo caminho quando voltei para o abrigo antiaéreo e apaguei a luz. A escuridão teria me engolido se não fosse o brilho do monitor, que me esqueci de desligar. Avancei para apertar o botão preto de desligar, por via das dúvidas, e foi então que eu o vi na tela.

Ben Dugan estava sentado na cadeira.

Eu tentei ler os lábios de Ben, mas não deu certo. O que quer que estivesse dizendo, não captei. Houve pausas, como se ele estivesse tentando decidir se deveria ou não continuar. Eu não podia aguentar mais o silêncio, e peguei o meu Gravador, coloquei em BEN DUGAN e apertei PLAY. A parte engraçada era que assistir a seu rosto na tela e ouvir sua voz na minha cabeça quase soava real, como se os dois pertencessem um ao outro. A primeira voz na minha cabeça foi da Dra. Stevens.

Quando foi a primeira vez que você se sentiu desse jeito? Volte o máximo que você conseguir lembrar.

Eu não sei. Eu esqueci.

O que você esqueceu?

Essa é uma pergunta impossível de responder. Não me lembro do que esqueci.

Certo, mas existe uma pista aqui, você percebe? Existem coisas que você não quer lembrar, então você não lembra. Quando você pensa nessas coisas, os eventos que você não quer gravados em sua memória, o que eles são? O que há neles que deixa você com medo?

Eu não gosto de sujeira.

Certo. Já é um começo. Então, se você estiver remexendo na sujeira, o que o incomoda?

Eu não saberia dizer. Eu não acho que já tenha feito isso.

Ah, mas você fez, Ben. Acredite em mim, você já fez isso. E ainda está vivo.

Eu não me lembro.

O que existe na sujeira que o incomoda?

Aqui tem água?

Não, nenhuma água. Não até você me contar. Nós temos nos encontrado já faz um bom tempo. Você precisa me contar, Ben. O que existe na sujeira que o incomoda?

Eu não me lembro.

Lembra sim.

Não lembro.

A sessão se dissolveu em um padrão similar após aquilo: Você se lembra; Não, eu não me lembro; Onde está a água? Eu tinha escutado aquilo algumas vezes, então sabia. Eu abri uma barrinha Clif e tirei os fones dos meus ouvidos.

Ben Dugan se inclinou para baixo e pegou algo do chão, em um lugar que eu não conseguia ver. Ele se levantou, segurando algo em sua mão.

"O que ele está fazendo?", me perguntei, mordendo um canto da barra de cereal como se estivesse assistindo a um filme.

Ele estava virado para o lado oposto da câmera, encarando a parede, segurando algum tipo de ferramenta cega. Seja lá o que estivesse segurando, estava pingando linhas de gosma no chão aos seus pés. Ele caminhou em direção aos números pintados de vermelho e fez algo que eu não conseguia ver.

"O que você está fazendo, Ben Dugan?", eu disse.

Ele se virou e largou no chão, em frente à câmera, a ferramenta que tinha usado, e então se foi. Então ele era o número 1. Ele segurava um grande pincel lambuzado de tinta.

O 1 tinha sido substituído por uma mancha azul, escorrendo pela parede como sangue cor de cobalto.
O que significa cobrir o número? O evento todo me parecia como um zumbi decidindo apagar sua própria existência.
Veja, eu apaguei o meu número. Agora estou pronto para enfrentar o meu fim.

─────────

Eu mudei para S, a sala principal, e vi que todos os demais estavam sentados em sofás e cadeiras em um canto distante. Ben se aproximou e todo mundo levantou, ficando ao redor dele. Parecia que eles estavam fazendo perguntas, mas era impossível ter certeza.

"Meu reino por um canal de áudio", reclamei.

Ben começou a se afastar do restante do grupo, e eu o vi pela primeira vez. Tinha que ser a pessoa que dirigia esse lugar. Uma silhueta sombria e alta na ponta da tela, praticamente invisível. A silhueta se moveu na direção de Ben, tocando-o no ombro e o levando embora. Ele estava falando com Ben, cochichando em seu ouvido: uma mensagem particular só para eles dois. A cena toda parecia assoprada, banhada em um silêncio sombrio.

Os dois chegaram a uma porta que se abriu para a escuridão, e então, num passe de mágica, Ben foi embora.

Um dos seis monitores sem controles acendeu, e eu dei um pulo para trás, tropeçando na minha mochila e caindo no chão. Eu tinha pensado que esses seis eram inúteis, olhos vazios me encarando de volta sem um propósito. Agora, um deles tinha ganhado vida no abrigo antiaéreo. Fiquei de pé e me aproximei, olhando para um quarto que nunca tinha visto.

A primeira coisa que atraiu minha atenção no quarto foi que ele era pintado em um tom de azul profundo e ameaçador. O chão, as paredes, a cadeira isolada, tudo isso com rastros de azul-marinho, como se alguém tivesse usado as mãos nuas para aplicar a tinta.

A segunda coisa a chamar minha atenção foi o elmo pendurado no canto da cadeira. Era de couro, ou algo parecido, e do seu topo saía uma série de tubos e fios que se prendiam no teto. Eu sentia como se o quarto estivesse gritando uma mensagem no silêncio: *sente-se nessa cadeira, coloque esse elmo, faça o que eu digo*. A cadeira era claramente projetada para que se sentassem nela, e o elmo, para ser colocado na cabeça.

Eu sentia como se estivesse assistindo a algo que não estava acontecendo de verdade. Como um videogame ou show de TV. Mas também sabia que não era esse o caso. Aquilo era real, e eu conhecia aquele garoto. Pensei seriamente em sair correndo do Bunker da Sra. Goring para a floresta e depois pela estrada. Mas havia problemas com um plano desse tipo: eu estava muitos quilômetros dentro da mata e tinha um péssimo senso de direção. Quase nunca tinha ido acampar, quanto mais tentado me virar no meio do nada. O que via me assustava, é claro, mas o prospecto de partir me assustava ainda mais. E o pensamento de encontrar a Sra. Goring ou Rainsford ao tentar escapar me perturbava muito mais. Havia outro motivo, uma razão mais complicada de por que eu permanecia aqui e continuaria ficando: eu era curioso. Tão curioso que, de fato, não podia pensar na ideia de não saber o que tudo isso significava ou aonde isso levaria. Partir significava não saber a verdade, o que me parecia inaceitável.

Ben Dugan entrou no quarto. Sentou-se na cadeira e segurou o elmo em suas mãos, olhando para ele sem se mover. Ele levantou sua mão e disse algo que eu não podia ouvir, mas, pelo olhar em seu rosto, captei a mensagem.

Eu não posso fazer isso.

Ele demorou mais um momento sentado e então cedeu ao que estava acontecendo com ele. Deslizou o elmo na cabeça, cobrindo cabeça, orelhas e olhos, deixando exposta apenas a metade inferior de sua face.

Pelo menos os outros ouvirão se ele gritar, eu pensei. *Eles virão correndo e irão salvá-lo se as coisas ficarem feias, não virão?*

Os tubos pularam de forma grotesca, como se tivessem sido preenchidos de repente por líquido ou eletricidade, e a tela no abrigo antiaéreo começou a se encher com dados, digitados em um texto verde brilhante no topo da tela.

Ben Dugan, 15
Medo agudo: insetos, aranhas, centopeias

Coisas que saíam da sujeira apavoravam Ben Dugan. Eu sabia disso o tempo todo. O medo tinha se tornado uma sombra iminente que mandava em sua vida. Era um milagre que ele tivesse entrado na floresta, no fim das contas.

A voz da Dra. Stevens preencheu minha mente enquanto eu assistia à figura ainda sentada no quarto azul.

Agora estamos chegando a algum lugar, Ben. Mas por quê? Por que você teme essas coisas?

Eu não sei.

Você sabe.

Não sei! Me deixe em paz!

Uma barra azul começou a se mover para cima no lado direito da tela, como um termômetro com mercúrio líquido se aquecendo. Só que esse mercúrio era o tom mais escuro do azul, subindo vagarosamente em direção ao topo.

"O que diabos está acontecendo com esse cara?", eu disse alto, desejando que Keith estivesse comigo e nós estivéssemos em casa assistindo a um filme assustador.

Ele vai explodir! Keith teria dito, porque sempre fazíamos isso para acalmar um ao outro: gritar com a tela até que as partes realmente ruins nos mandassem aos berros pelo porão.

A tela falhou e pipocou, o chuvisco de estática caindo sobre a figura mal-humorada de Ben. Seu corpo sofreu um espasmo, e de repente a cena na tela mudou para uma criança de cinco ou seis anos caminhando em um parque. Era um garoto, rindo como os garotinhos fazem, afastando-se da pessoa que segurava a câmera. O garotinho segurava uma pequena pá de plástico em sua mão, sacudindo-a como uma varinha mágica conforme ele se aproximava de uma caixa de areia encharcada. Ele estava em algum tipo de parque decadente, uma luz fraca passando por entre as nuvens baixas.

A estática cobriu a imagem novamente, que voltou para Ben vestindo o elmo. A linha de mercúrio azul estava subindo mais rapidamente agora.

"Ele está assustado," eu disse.

Não brinca! Imaginei Keith retrucando.

A partir desse ponto, a cena pulou para trás e para frente entre Ben Dugan no quarto azul e o parque com a criança pequena. Devia existir uma tela dentro do elmo, uma tela que permitisse a Ben ver o que eu via. De onde vinham as imagens era um mistério – eram reais, fabricadas ou, de alguma forma, puxadas de dentro do cérebro de Ben e projetadas à frente dele?

O garotinho estava na caixa de areia, agora, e cavava com a pá de plástico. A areia estava molhada, e a borda de madeira ao longo da caixa estava podre. O garotinho desistiu da pá e começou a cavar como um cachorro, jogando montinhos de areia molhada na câmera.

No quarto, a linha azul se aproximava do topo da tela.

Ele segurava algo pesado e inesperado. Ele gritou algo que eu não podia ouvir. *Um osso de dinossauro! Mãe, olha!*

O ângulo mudou de um modo que fez meu estômago revirar, movendo-se para perto do que ele tinha achado.

No quarto, a linha azul parecia que estava prestes a romper o topo da tela e continuar pela parede do abrigo antiaéreo. Ben estava começando a se encolher na cadeira, em posição fetal.

O garotinho, que de repente entendi ser uma versão mais nova de Ben, não tinha descoberto um osso de dinossauro na caixa de areia. Ele levantou o objeto com grande esforço, e descobriu que um dedo humano estava em sua mão. O dedo estava ligado a um braço, que saiu da areia para além do cotovelo antes que o jovem Ben Dugan soubesse o que tinha desenterrado. O braço estava começando a se decompor, a pele azul e amarela, como se tivesse sido atropelada por um carro, danificada de um jeito irreparável. Uma aranha escalou o braço e alcançou o dedo do garotinho.

E então as coisas ficaram feias.

O pequeno Ben Dugan olhou para a câmera com os olhos arregalados de medo, segurando a mão de uma pessoa morta. A imagem congelou em uma fotografia de uma criança assustada, e a tela começou a ser preenchida por silhuetas de centopeias e aranhas, como se estivessem escalando as lentes da câmera. A tela foi escurecida por todo tipo de coisas rastejantes, e logo não era mais possível ver a caixa de areia.

O parque sumiu, o céu também. Tudo que restou, no final, foram os olhos brancos do garoto amedrontado. Tudo mais havia sido coberto por um monte negro de insetos.

Quando a tela voltou ao quarto azul, a linha azul tinha encontrado seu fim e o pescoço de Ben enrijeceu. Os tubos e fios balançavam sem controle sobre sua cabeça.

E então, de repente, tudo parou.

Ele está morto, pensei, olhando para o corpo caído na cadeira. *Ben Dugan está morto.*

Não, ele não está. Fica olhando, ele vai voltar.
Cale a boca, Keith! Me deixe em paz!

Eu permanecia no abrigo antiaéreo sozinho, ouvindo meu coração bater contra o meu peito. Alguns segundos depois, a tela desligou, e o quarto azul desapareceu.

Ben Dugan tinha partido.

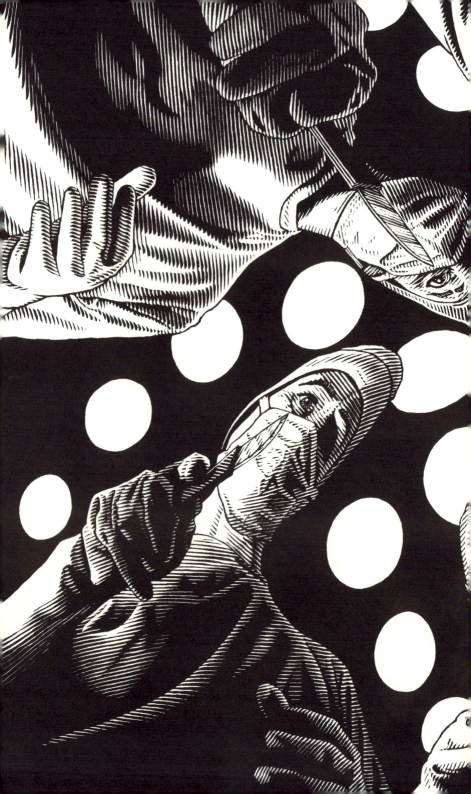

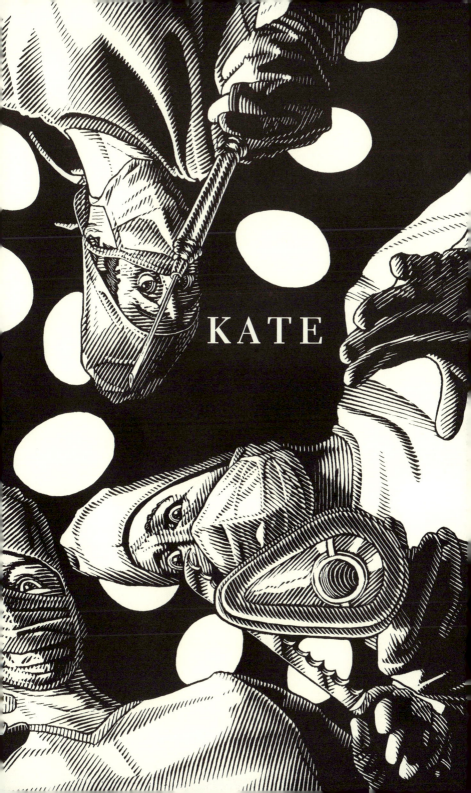

Eu precisava de respostas que os monitores não me dariam. O sistema de vigilância tinha se desligado, o que significava que eu estava cego e sozinho. Apertei os quatro botões ,um de cada vez, mas nada aconteceu. Talvez os monitores tivessem um temporizador, ou possivelmente o que havia pifado a mente de Ben Dugan também tinha pifado um fusível.

Meia hora se passou. Nesse tempo, tentei de tudo que podia pensar para fazer o sistema voltar a funcionar. Procurei por fios soltos ou um painel de acesso, mas não havia nenhum. Apertei os botões em todas as ordens imagináveis para ver se, por algum acaso, eu estava apertando na verdade uma combinação que pudesse fazê-los reiniciar. Enfiei um lápis nos três estranhos buracos feitos para algum tipo de conexão de áudio que tinha deixado de existir décadas atrás.

Verifiquei até a caixa elétrica no outro lado da parede, mas tudo dentro dela era da época pré-histórica. Se tocasse em qualquer coisa lá dentro, assumi, ou iria me eletrocutar ou acabar com as luzes do andar de cima.

Quanto mais eu examinava a parede das telas, mais os monitores pareciam quase alienígenas em sua inutilidade. Posso apreciar tecnologia antiga, mas isso era como uma língua morta ou uma roda feita de pedra: inútil ao ponto de gerar frustração.

Em algum momento do processo, percebi o quanto estava cansado. O dia tinha sido longo e a noite, mais longa ainda, e a tensão de me esconder no porão de alguém estava começando a minar minha determinação. Criei um plano mambembe na minha cabeça, e então programei o alarme no meu relógio e dormi inquieto por quase quatro horas, acordando às 3h da manhã. Quando verifiquei os monitores de novo, apertando todos os botões, tentando achar um sinal de vida, eles continuavam desligados. Eu bolei um plano quando reclinei na cama com suas molas velhas, mas agora que havia chegado a hora, não tinha tanta certeza.

Pensei por diversos minutos sobre ele, meio que dormindo em pé, e decidi que devia pelo menos ir dar uma olhada. Se as coisas parecessem erradas, eu não tinha de seguir adiante com o plano.

Tentei apagar todos os sinais da minha existência no cômodo enquanto colocava a mochila nas costas. Então apaguei a luz e saí do abrigo antiaéreo.

Caminhei pelo túnel subterrâneo que levava ao Forte Éden e imaginei que deixava um cinema no meio do filme. A única coisa faltando era o sinal de saída brilhando vermelho. No final ficava uma porta com uma barra no meio, como as do ginásio na minha escola. Era o tipo de porta que poderia ser trancada pelo lado de fora, mas pelo lado de dentro haveria sempre a barra caso você precisasse escapar de um incêndio ou um jogo violento de queimada.

Eu estava mais quieto do que a Sra. Goring, baixando devagar a barra da porta até abri-la, pouco a pouco. Um estalido, nada mais, e eu tive meu primeiro vislumbre real do interior do Forte Éden. Tudo que podia ver era uma cortina de veludo negro pendurada na parede, cobrindo as janelas barreadas que davam para o Bunker da Sra. Goring. Empurrei a porta pesada um pouco mais e olhei para dentro, encontrando uma única luz banhando uma mesa redonda no meio da sala. Uma pessoa estava sentada lá, lendo um livro.

Marisa.

Se alguém estivesse acordado àquela hora, eu sabia que seria ela. Eu tinha meia esperança de não encontrá-la, assim poderia olhar por aí sozinho sem medo de ser pego, mas vê-la me fez mudar de ideia. O som da sua voz e da Dra. Stevens flutuou por minha memória.

É particularmente ruim à noite, quando todo mundo está dormindo.

O que acontece?

É tão ruim, como se fosse verdade, entende?

Eu sei. E então? O que acontece?

Primeiro, eu não consigo me mexer de jeito nenhum, então eu não posso fugir rápido o suficiente. Eu corro descendo a escada até chegar lá embaixo, e aí caminho até o quarto da minha mãe e deito na cama com ela.

Você tem quinze anos, Marisa. Eu sei que é assustador, mas já deveríamos ter superado isso.

Eu sei. Estou tentando. Só não consigo.

Eu não queria assustá-la, então reuni minha coragem e sussurrei tão suavemente quanto possível.

"Ei, Marisa, sou eu."

Era uma sala grande, e eu não tinha certeza se a minha voz havia viajado ou não toda a distância. Ela continuava imóvel. Nada na Marisa parecia se mover.

"É o Will," sussurrei, um pouco mais alto dessa vez, e ela tirou os olhos do livro. Ela parecia notavelmente aliviada.

"Will?", ela perguntou.

"Sim, Will Besting. De ontem."

Caramba, Will, se manca. Que outro Will poderia ser?

Abri a porta um pouco mais e a deixei encostar no meu peito, mantendo-a aberta. Eu poderia ir para frente ou para trás, dependendo do que acontecesse.

Assim que soube que era eu, Marisa correu em minha direção. Ela se movia como uma gazela, deslizando em seus pés de meia. Ela tinha trocado de roupa e usava uma calça de pijama de flanela, mas vestia a mesma camiseta.

"Você quase me matou de susto", disse ela, e eu senti sua respiração no meu rosto, quente e macia. Ela tinha escutado minha voz no começo. Eu percebi que a tinha assustado e me senti culpado por fazê-la ficar daquela maneira.

"Desculpe. Eu não queria assustá-la."

"Tudo bem. Eu me assusto fácil de noite. E tenho insônia. Péssima combinação."

Provavelmente ela deve ter percebido que eu também estava assustado. Talvez eu estivesse até dando meia volta, batendo em retirada para o abrigo antiaéreo. A voz dela era calma, quase tranquilizadora, e ela estava esticando sua mão na minha direção, como se eu fosse um cão assustado com quem ela estava tentando argumentar.

"Vem aqui, está tudo bem, Will. Ninguém mais está acordado."

Eu passei pela porta, a luz fraca sobre a mesa desenhando meus olhos.

"Melhor deixar algo para bloquear a porta", ela sussurrou. "Ela não abre pelo lado de dentro. Eu tentei."

Ela me olhou com curiosidade, como se quisesse perguntar o que havia no fim do longo corredor e como eu tinha encontrado o outro lado da porta, mas não perguntou. Tirei os meus sapatos, colocando um no batente da porta, e deixei a porta balançar perto dele. Eu estava dentro do Forte Éden, um lugar em que tinha me prometido não entrar.

"Por aqui", disse ela, pegando minha mão e me guiando para a direita, longe da mesa redonda e da luz fraca. Ela não estava realmente segurando minha mão, era mais como se arrastasse um garotinho pela loja de doces e, quando alcançamos um conjunto de móveis, ela me soltou. Olhei para o teto à medida que andávamos, tentando encontrar uma câmera de vigilância, mas quase não havia luz para conseguir enxergar. Havia algo sobre esse canto da casa que parecia importante desde o início: ele estava fora do campo de visão que eu tinha no abrigo antiaéreo.

Estávamos escondidos de todas as câmeras que alimentavam os monitores do abrigo.

Ela apontou na direção da qual tínhamos vindo.

"Todos estão dormindo lá embaixo, na outra ponta. E as portas são sólidas e pesadas nesse lugar. Não tenho certeza se eles nos ouviriam se gritássemos."

"É melhor não descobrir", eu disse, seguindo a direção em que ela tinha apontado. Eu vi três portas ao longo do corredor.

"A porta à esquerda é a das meninas, à direita, a dos garotos", disse ela, e eu imaginei camas e um banheiro de cada lado, como em pequenos dormitórios. "E a do meio? Aonde ela leva?", perguntei.

Ela sentou em um sofá de couro, ignorando a minha pergunta, e notei o livro em suas mãos, mas não perguntei qual era. Tudo estava banhado em sombras, então prestei atenção, o melhor possível, no que via. Eu queria conhecer esse lugar. Mapeá-lo, se pudesse.

"É grande aqui", eu disse, sentado na outra ponta do sofá, sem querer assustá-la.

"Will", disse ela, inclinando-se para se aproximar um pouco. "Como você foi parar do outro lado daquela porta?"

Minha garganta ficou seca, tão seca, que não achei que teria voz se tentasse falar novamente. Tirei minha mochila, abri uma garrafa de água e a ofereci para ela.

"Não, obrigada."

Dois goles rápidos, e coloquei a tampa no lugar. Por onde começar? "Existe outra construção, eu estava lá."

"Você está falando da casa da Sra. Goring?"

"Isso, lá tem um porão. Eu estava nele."

"Mas como..."

Ela pareceu juntar as peças na cabeça dela, imaginando como eu poderia ter chegado lá, e sua voz morreu nas sombras.

"Eu estou bem", eu disse, sem saber o quanto deveria contar. "Era seco. Melhor do que ficar na floresta."

Eu tinha perguntas a fazer, muitas delas, mas uma em particular não sabia como perguntar.

Ben Dugan está morto?

Se fizesse a pergunta, ela saberia que eu tinha visto coisas, e isso poderia levá-la a mais perguntas às quais eu não queria responder. Não por enquanto.

"Como ele é?", eu perguntei no lugar.

"Quem?"

"Você sabe, o cara importante que a Dra. Stevens nos falou. O médico."

"Ele não é como eu esperava", ela ponderou. "Quer dizer, ele é legal. Eu até acho que você iria gostar dele."

"Sério?"

"Ele subiu por aquela escada depois que a Sra. Goring foi embora, essa parte foi meio sinistra."

Marisa apontou para um conjunto de degraus, eu só conseguia ver os dois primeiros. Eles ficavam no meio da sala, descendo para a escuridão.

"Até a Kate se assustou quando ele apareceu pela primeira vez. Você sabe como são todos esses filmes antigos em que uma garota bonita desce a escada em seu vestido de formatura ou algo do tipo? Foi o oposto. Foi como se ele estivesse vindo do chão."

"Pensei ter ouvido que iria gostar dele."

"Você iria. Depois disso, ele veio para a mesa e pediu para nos sentarmos. Então disse que se chamava Rainsford e, mais do que isso. Ele falou: 'Vocês ficarão terão vontade de me chamar de muitas coisas, como doutor, senhor, o velho da casa, mas, por favor, me chamem apenas de Rainsford'. Depois disso, ele passou a ser legal. Ouvir a voz dele já nos fez gostar dele de cara."

Até que ele matou Ben Dugan, eu queria dizer. "E aí, o que aconteceu depois?"

"Você tem um monte de perguntas."

"O porão é um tédio."

"Então volte. Ele perguntou sobre você."

Ela se inclinou um pouco mais. Seus olhos castanhos ficaram negros na escuridão. "Eu acho que ele pode nos ajudar."

"Por que acha isso?"

"Porque ele curou o Ben. Esse cara não está de brincadeira."

"Curou o Ben? Mas não foi o que aconteceu. O Ben está morto."

Marisa recuou, como se o cãozinho assustado que ela havia incitado a sair da floresta estivesse prestes a mordê-la.

"Ben não está morto. Ele está bem."

Ela apontou para a porta do meio na parede distante, aquela entre os quartos das garotas e dos meninos. "Ele entrou por aquela porta e, quando voltou, não tinha mais medo."

Ela me olhou com cautela, como se não tivesse certeza se poderia confiar em mim. "O que você está escondendo de mim?"

Bebi outro gole de água e senti minha garganta lutar para fazê-lo descer. As coisas não estavam seguindo do modo como eu havia imaginado. Eu mal conhecia Marisa. E se ela tivesse se voltado contra mim na minha ausência? Por isso fiquei surpreso quando revelei tanto e tão rapidamente.

"Eu encontrei um quarto no andar debaixo, no porão da casa da Sra. Goring. É um velho abrigo antiaéreo, ou talvez seja um desses lugares que você vai para ver o que o inimigo está fazendo quando ele aparece e invade um forte. Você sabe, para planejar um contra-ataque ou algo do tipo."

Marisa se afastou ainda mais de mim o quanto foi possível sem cair do sofá. Ela estava olhando para mim, deduzindo as coisas. Essa garota realmente sabia pensar.

"Você estava nos *observando*, Will?"

Eu fiz uma pausa, um sentimento na minha garganta de que havia dito mais do que deveria.

"Não é como se eu tivesse feito isso de propósito. Os monitores simplesmente estavam lá. E, de qualquer modo, eu mal podia ver as coisas."

Marisa nada falou, então eu segui em frente. "Essa sala grande com a mesa, eu podia ver de vez em quando. E havia outros dois quartos que pareciam confessionários, ou algo assim. E o quarto em que o Ben entrou. Eu vi onde ele entrou, e o lugar não é o que você pensa. Eu pensei que ele estava morto."

Marisa olhou para mim por um longo tempo: dez segundos, talvez mais. "O que você viu?", ela finalmente perguntou.

Eu contei a ela sobre o elmo e sobre as paredes azuis assustadoras, mas não descrevi as imagens bizarras que enchiam a tela.

Marisa balançou a cabeça. "Tudo que sei é que, quando ele voltou, não tinha mais medo de insetos e aranhas. Mas esse lance do elmo é meio assustador. Fico me perguntando o que ele faz."

Parte de mim queria gritar: *ele te mata de medo!* Mas havia outra parte dizendo: *não faça isso, deixe isso para lá*. Eu estava começando a duvidar de mim mesmo. Ben Dugan não estava morto. Além disso, estava curado, ou pelo menos Marisa acreditava que sim. Ben Dugan não tinha mais medo. Eu o invejava e sabia o que Marisa temia. Se ela entendesse que o tratamento a colocaria frente a frente com seus medos, nunca passaria por ele. Por mais louco que fosse o Forte Éden, eu não conseguia me livrar do sentimento de que poderia estar tirando a cura das mãos dela.

"Como você sabe do que o Ben tinha medo?", perguntei.

"Rainsford nos fez contar."

"O que você quer dizer com *nos fez* contar?"

"Deixa eu me expressar melhor – eu quis dizer: ele nos *convenceu* a falar. Ele é um cara bastante persuasivo. Todo mundo contou, menos um de nós."

Eu podia vê-los sentados em círculo à mesa sob algum tipo de feitiço perverso, revelando o que sabiam. E eu também sabia que, dos seis, existia apenas um que nunca diria do que tinha medo.

"Avery", eu disse, cometendo outro erro. Como eu poderia saber quem contaria e quem não contaria? "Isso, foi a Avery." Marisa respondeu de primeira. E o que era ainda melhor, ela se aproximou novamente de mim no sofá. "Ela é tão calada, né? Mas eu estou começando a pensar que é mais do que isso. Ela disse algo sobre a vez dela que me deu arrepios."

Eu sabia o que Avery tinha dito. Eu a tinha escutado falar isso dezenas de vezes.

Você não pode me curar. Ninguém pode.

Perguntei a Marisa do que ela pensava que Avery tinha medo. Ela deu de ombros, ficando quieta e pensativa, então voltei a Ben Dugan.

"Ben foi para um quarto e falou por uns instantes, mas eu não conseguia escutá-lo. É um ponto que eu não mencionei antes. Eu só posso ver algumas coisas. Não posso escutar nada. Os monitores não têm áudio."

"Então eles são como câmeras de segurança", disse Marisa, e ela pareceu suavizar sua opinião sobre eles, sua preocupação se transformando em curiosidade. Eu não podia ouvir o que as pessoas estavam dizendo, então isso foi, pelo menos, cinquenta por cento menos intrusivo. "Eu aposto que o quarto que você viu era o lugar onde podemos conversar com a Dra. Stevens. Tem um de cada lado na parte de trás, um para as garotas e um para os meninos."

"Ei, espera aí. Você está dizendo que a Dra. Stevens falou com o Ben?"

"Sim, ela estava lá, se precisássemos dela. Nós podemos ir lá e falar como estamos indo. Ben foi lá antes de ser curado."

"Mas ela não está aqui. Ela foi embora."

"Eu não quis dizer que ela está dentro do quarto. É um monitor. Ela já voltou para casa. Nós ligamos, ela atende. Pelo menos é assim que deveria funcionar. Eu não tentei."

Meus olhos tinham se ajustado à luz fraca, e perguntei a ela sobre os demais cômodos do Forte Éden. Ela disse que havia um escritório na outra ponta da escada, mas as portas estavam sempre fechadas. Atrás de nós existia uma biblioteca, que me lembrou o livro que ela tinha colocado no chão.

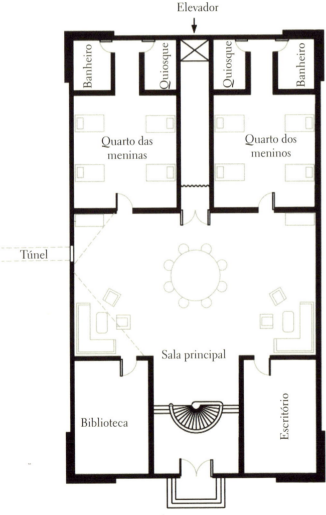

Forte Éden, andar principal

"O que você está lendo?", perguntei.

Ela o pegou e me entregou. Agora minhas duas mãos estavam ocupadas, uma com uma garrafa de água e a outra com um livro. Se ela quisesse segurar minha mão, não poderia.

"A *Pérola*", eu disse. "Um livro muito bom."

"Bem, nós todos estamos sendo forçados a lê-lo, então espero que você esteja certo."

"Espera aí, todo mundo está lendo A *Pérola*? Por quê?"

Marisa deu de ombros. "Rainsford pôs uma caixa no meio da mesa e nos pediu para colocar todos os nossos aparelhos eletrônicos dentro dela, inclusive os telefones. Não que aqui tenha sinal, mas foi difícil. Isso me lembrou desse grupo de jovens que eu costumava ir. Nós aparecíamos e esse pastor jovem de vinte e poucos anos passava em volta com uma caixa de papelão pedindo os telefones e prometendo que os devolveria no fim da noite. Quando ele a trouxe de volta, a caixa estava transbordando. De qualquer maneira, Rainsford disse que isso nos conectaria, ler o mesmo livro."

No fundo eu estava pensando: por que A *Pérola*? Mas, em vez disso, falei algo realmente estúpido.

"Eu li uma vez. Acho que você vai gostar dele."

Eu tinha cometido esse mesmo erro antes, fazer parecer que eu era especial de alguma forma.

É claro que eu já li o livro. Steinbeck e Hemingway são meus amigos próximos.

Marisa não respondeu. Arrancou o livro da minha mão e se virou para o lado, encarando a capa em vez de me olhar. Então ela disse algo para o qual eu estava completamente despreparado.

"Me diga do que você tem medo, Will."

A pergunta surgiu do nada e reverberou nos meus ouvidos como um tiro de canhão. Marisa se voltou para mim, novamente. "Todo mundo aqui tem medo. *Realmente* medo. Foi por isso que viemos. A primeira parte da cura é contar. Todo mundo contou, menos você."

"Avery não contou."

Marisa olhou mais uma vez na direção da luz que ficava sobre a mesa e se levantou para partir.

"Deixa pra lá."

Eu queria que ela ficasse mais do que qualquer coisa que já tinha desejado em minha vida. Eu queria que nossa noite secreta não terminasse nunca.

"Vou contar outro segredo, mas não esse. Não ainda."

Ela parou, virou-se e se sentou. Eu tinha fisgado seu interesse, mas ela estava desconfiada, eu podia sentir, como se eu estivesse prestes a tapeá-la. Pelo menos ela havia voltado.

"Manda."

Eu respirei profundamente e a olhei direto nos olhos.

"Eu não estudo em uma escola particular. Eu estudo em casa."

"Sério? Por quê?"

"Porque eu e a escola não nos damos exatamente muito bem."

Não foi uma confissão enorme, mas foi alguma coisa, e foi suficiente.

"Isso tem alguma coisa a ver com o seu medo?"

"Talvez."

Ela esticou a mão para pegar a garrafa de água e eu passei a garrafa para ela, olhando para sua camisa à medida que seus olhos se voltaram para o teto.

I WANNA BE ADORED. Eu quero ser adorada.

O sonho que tive surgiu diante dos meus olhos, seu corpo na maca, e por um instante minha mente transbordou de medo. Tive uma sensação estranha, como se alguém a tivesse colocado lá para eu encontrar e eu tivesse tropeçado nela.

"The Stone Roses", eu disse.

"Não acredito", ela sorriu e se aproximou um pouquinho.
"Você conhece?"
"É uma ótima música. Quem não conhece?"
I Wanna Be Adored não era uma declaração sobre Marisa, era uma música dos anos 1990 de um grupo britânico chamado The Stone Roses.
Eu desejava mais do que tudo que realmente soubesse isso sobre ela, que soubesse na primeira vez que a vi, porque nós compartilharíamos um interesse em comum em algo obscuro.
Mas você faz o que tem de fazer para conquistar uma garota, pelo menos era o que meu pai vivia me dizendo. Eu sabia por que ela vestia a camisa quando encontrava com a Dra. Stevens.
Eu sabia porque já tinha escutado Marisa me contar.

———

Nós concordamos em não contar nada para ninguém, pelo menos por mais um dia. Ela não diria onde eu estava escondido ou que podia ver certas coisas. Ela me fez prometer que não a assistiria se ela entrasse no quarto para falar com a Dra. Stevens, e eu a fiz prometer que não iria me dedurar. Pelo menos não ainda.
"Eu acho que você deveria voltar", disse ela, na porta. "Mas você tem razão, também. Quando o Ben voltou, ele disse que as juntas de seus dedos doíam. Ele ficou flexionando seus pulsos. Estava realmente empolgado, e jurou que poderíamos colocar uma aranha nos lençóis dele e ele nem ligaria. Mas, sem dúvida nenhuma, esse lugar não é normal."
"Não brinca", eu disse. "Vejo você amanhã à noite? Mesmo horário, mesmo local?" Ela sorriu com timidez, olhou para o livro *A Pérola*, e então de volta para mim.
"Está marcado. E traga seu medo. Você me conta o seu e eu contarei o meu."

Isso não era muito justo, já que eu sabia tudo sobre ela, mas eu era um mestre de *air hockey* e videogames retrô que não ia a uma escola real. Eu precisava de toda vantagem que pudesse ter.

A porta se fechou atrás de mim, e comecei sozinho a longa caminhada de volta pelo corredor. Quanto mais fundo eu ia, mais a leveza dos meus pés dava lugar a passos mais pesados, até que, ao entrar no porão, senti como se estivesse carregando um caixão nas costas.

As luzes do lugar estavam acesas. Eu as tinha deixado acesas? Não conseguia me lembrar.

Olhei para o canto do corredor e descobri que não estava sozinho. A Sra. Goring tinha entrado no porão enquanto eu estive fora.

━━━━━━━━

Eu fiz um som lamentável, um meio grito, antes que pudesse calar minha boca estúpida. Então voltei e meu cotovelo colidiu com a esquina do batente. Minha ulna ficou frenética, uma descarga elétrica pulsando pelo meu braço.

Permaneci no corredor escuro, esfregando a pontada no meu cotovelo, tentando pensar... *Eu poderia dar conta dela ou não? Talvez pudesse chegar em uma prateleira e fazê-la recuar com uma lata de milho.*

Poucos segundos depois, sentia nos ossos que a Sra. Goring estava me espionando. Estava quieto no porão, muito quieto, e eu a imaginei carregando um bastão de beisebol ou um rolo de macarrão, avançando devagar pelo corredor.

Eu devia ter corrido pelo corredor de volta ao Forte Éden, mas algo me disse que essa era uma ideia ainda pior do que esperar e ser atacado sem parar por um objeto pesado de madeira. Minha cabeça começou a clarear, e minha razão retornou. Quem quer que estivesse lá provavelmente não sabia que eu estava aqui embaixo também. Isso seria possível? Eu tinha sido cuidadoso para não deixar nenhum tipo de vestígio. Talvez a Sra. Goring tivesse problema de audição.

Um movimento perto da quina soou como se alguém enchesse um carrinho com latas e caixas. Eu olhei para o meu relógio: 5h10. Eu permaneci no forte mais tempo do que deveria. O dia amanhecera, e a Sra. Goring estava reunindo suprimentos para fazer o café da manhã dos visitantes. Esse era o seu trabalho, no fim das contas. Mas por que ela não tinha escutado a minha invasão?

Eu me aventurei a dar uma olhada rápida, petrificado com a ideia de que poderia ser a minha última, e lá estava ela, como presumi: enchendo o carrinho com mistura para panqueca, pêssegos enlatados, um pote de manteiga de amendoim, uma jarra plástica de calda. Ver os componentes do que seria um café da manhã espetacular do qual eu não participaria me fez salivar. Mas tudo bem, porque eu também entendi por que ela não tinha me encontrado. A Sra. Goring estava murmurando com um par de pequenos fones em seus ouvidos, destruindo, em voz baixa, alguma música na sua cabeça.

A porta do corredor permanecia um pouco entreaberta, e eu vi quando ela se virou para partir com os suprimentos, me escondendo quando seus olhos se voltaram na minha direção. Dei um passo suave para trás no concreto liso, e o carrinho se moveu na minha direção, a roda ruim balançando e produzindo um ruído alto. Ela empurrou o carrinho pelo pequeno corredor, então parou e bateu a porta atrás dela, me trancando do lado de dentro.

Eu ouvi a Sra. Goring conduzir o carrinho adiante e virar a esquina. Depois o ouvi batendo sobre minha cabeça no caminho que levava para a cozinha. Meu estômago roncou vazio e procurando por panquecas, mas pelo menos evitei que me descobrissem.

A porta não estava trancada, apenas fechada, e logo eu estava de volta ao abrigo antiaéreo, sentado na cama e desejando que Marisa estivesse comigo. Eu abri uma barrinha Clif e a engoli com água. Ao olhar minha mochila e ver muitas outras barrinhas, desejei ter trazido algo diferente. A falta de variedade já estava enviando minhas papilas gustativas para uma espiral de morte.

Eu me afundei no tédio rapidamente. Estava tão cauteloso agora que não queria ouvir o meu Gravador. A Sra. Goring tinha me ensinado uma lição: me perder em meu próprio mundo de áudio apresentava seu próprio conjunto de riscos enquanto as pessoas estivessem acordadas e se movendo por aí. Ouvir tinha de valer a pena.

Ainda assim, eu poderia gravar, e foi isso o que fiz, mantendo a minha voz baixa enquanto descrevia tudo o que tinha me acontecido. Após um tempo, meus olhos se voltaram aos dois livros de bolso. Eu não era um leitor propriamente dito. Eu era alguém que escutava. Diários em áudio em particular despertavam o meu interesse. As pessoas estão sempre falando de quão importante é colocar as coisas no papel, mas acho que gravar a sua voz é mais importante. Tentei ler muitas biografias, mas a maioria delas não se sustenta. Ler a história de Martin Luther King é totalmente insatisfatório, mas ouvi-lo falando, ouvir sua voz, isso é conhecê-lo. Ou, melhor ainda, ouvir alguém sobre o qual ninguém nunca ouviu falar. Não existe nada que eu goste mais do que ouvir pessoas comuns contarem suas próprias histórias.

Apesar disso, eu estava entediado e lá estavam esses livros no que tinha se tornado minha segunda casa, então peguei os dois. Não deveria ter ficado surpreso de encontrar *A Pérola* entre eles, mas fiquei. O outro livro se chamava *A mulher nas dunas* e era de um escritor japonês cujo nome eu não conseguia pronunciar. Ambos os livros estavam acabados e com as folhas amarelas, com marcas de lápis que tinham quase desaparecido de algumas páginas.

Sentei-me de volta na cama e comecei a ler. Isso me deixou feliz: imaginar Marisa enquanto ela lia, pensando em que página ela estava à medida que eu lia as mesmas palavras. Era um assunto do qual poderíamos falar, algo real a ser compartilhado.

Fiquei sonolento, apaguei a luz e dormi por algumas horas. A escuridão fazia o porão parecer uma tumba onde o tempo não significava nada, até que fui abruptamente acordado por uma luz dançando em frente aos meus olhos.

A parede estava viva novamente, o monitor central ganhando vida. Levantei-me e girei o interruptor, preenchendo o quarto com uma luz áspera. Eu podia ver a sala principal do Forte Éden novamente, cheia de atividade. Todos estavam acordados e, verificando o meu relógio, percebi que dormi quatro horas completas. Já tinha passado das 9h.

Marisa estava sentada sozinha no sofá em um canto, lendo. Eu não conseguia deixar de imaginar em que página ela estava. Kate e Ben estavam de pernas cruzadas no chão, falando um com o outro. Eu tinha de admitir que não só Ben Dugan parecia bem, como a sua linguagem corporal era a de um garoto saudável e contente. Ele vestia uma blusa que eu não tinha visto antes, com algum tipo de símbolo nela. Eu não conseguia ouvir o que eles falavam, mas parecia que Kate o estava interrogando em busca de alguma informação. Achei interessante que Connor, que parecia inseparável de Kate no início, continuava olhando na direção deles de seu lugar na mesa, folheando um livro de maneira vaga. Alex estava na mesa também, desenhando em um caderno.

Havia uma pessoa faltando, mas ao sintonizar o monitor em G – o quarto com os números 2, 5 e 7 pintados na parede – eu a encontrei.

Avery Varone, a garota com muitos lares adotivos. Ela estava olhando direto para mim, sem dizer nada. Isso batia perfeitamente com o que eu já sabia, e arrisquei colocar meus fones e selecionar uma de suas sessões de áudio.

Nada mudará se você não puder ser honesta comigo.
Eu sei.
Eu entendo que você está com medo, de verdade. Você pode me dizer alguma coisa, qualquer coisa?
Você não pode me ajudar.
Bem, eu não teria tanta certeza. Venho fazendo isso há algum tempo. Já ajudei muitas pessoas. Acho que posso ajudá--la também se você confiar em mim.
Uhum.
Pense no assunto, tudo bem? O primeiro passo é a verdade. Estamos meio que empacadas até chegar lá.
Certo.

Em que Avery estava pensando agora, naquela sala estranha, enquanto olhava para mim? Eu sabia que ela não podia me ver, mas seu olhar era vago e amedrontado, como se ela estivesse vendo um fantasma flutuando diante de seus olhos. Ela era uma garota bonita – cabelos castanhos e longos, e um rosto doce – mas, ao vê-la ali e ouvir sua voz em meus ouvidos, me senti inundado por sua falta de esperança. O quanto ela seria diferente se pudesse ser curada?

Curada, sem medo. Mas sem medo do que ou de quem? Essa era uma pergunta sem resposta sobre Avery Varone.

Mesmo eu não sabia, porque em todas aquelas sessões ela nunca contou.

───

Eu sabia que a Sra. Goring partiria com a comida eventualmente. Ela foi esperta de esperar até as 9h, quando os adolescentes estariam acordados e famintos. Ouvi o carrinho descendo do andar de cima e senti a força da porta do porão abrindo com violência.

Eu já tinha decidido o que fazer antes de o carrinho barulhento aparecer e estava do lado de fora do abrigo antiaéreo antes de a Sra. Goring alcançar o topo do corredor. Quando a luz se acendeu no Forte Éden, eu estava olhando para o alto da rampa, esperando a porta se fechar parcialmente mais uma vez. Quando aconteceu, corri a distância inteira, ficando na sombra do declive, ouvindo e gravando.

Todos se reuniram ao redor da Sra. Goring, enquanto ela estapeava suas mãos para tirá-las do carrinho.

"O café será servido na mesa, nem um segundo antes. Isso aqui não é um zoológico."

"Ah, por favor, estamos morrendo de fome", Connor protestou. Ele era o maior, então fazia sentido que tivesse mais fome.

"Saia do meu caminho ou atropelarei você."

Eu não podia arriscar enfiar minha cabeça pela porta, então não pude ver o que acontecia. Aparentemente, Connor tinha bloqueado o caminho mas teve de se mover, rindo alto.

"Você é engraçada, Sra. Goring."

"Cuidado, Connor", disse Alex, entrando na conversa. "Ela pode arrebentar seu joelho com uma frigideira."

"Nós agradecemos pela comida, Sra. Goring. Não preste atenção nesses neandertais", disse Kate. Ela estava surpreendentemente gentil, uma atitude de "preferida do professor."

"Eu vou chamar a Avery", disse Marisa. Eu também não podia vê-la até ela chegar à porta do quarto das garotas, quando então tive um vislumbre pelos quinze centímetros de abertura da porta.

Após aquilo, foi a maior bagunça na mesa do café, e a Sra. Goring disse a eles para arrumarem suas camas e darem descarga nos banheiros. Marisa voltou com Avery e se juntou ao grupo, todos sentados em torno da mesa.

"Como foi com a doutora?", perguntou Kate. Tinha sido meio insensível, mas vindo de Kate, nenhuma surpresa.

"Tudo bem."

"Eu tenho pena dela", disse Ben. "Acordada todo esse tempo falando com a gente. É meio incrível o que ela está fazendo. É como passar vinte e quatro horas de plantão."

Tive de concordar. Independentemente de como a Dra. Stevens estava sendo contatada no Forte Éden, ela provavelmente não estava dormindo muito. Eu podia imaginá-la na casa dela, *webcam* a postos. Eles devem ter instalado fios em algum lugar no subsolo, porque, com certeza, não havia um sinal dando sopa no ar.

"Onde está o Rainsford? Quando o veremos de novo?", perguntou Ben. "Eu queria agradecê-lo."

"Tenho certeza que sim", disse a Sra. Goring. Ela estava em algum lugar pela sala, abrindo as cortinas. "Ele está cheio de trabalho para fazer, então não o aborreçam."

"Que tipo de trabalho?", perguntou Ben.

"O tipo que conserta garotos problemáticos como você. Que outro tipo seria?"

Uau, a Sra. Goring estava mesmo de mau humor nessa manhã. Eu estava meio feliz de não ter de lidar com ela, embora as panquecas tivessem um cheiro maravilhoso e eu desejasse uma pilha enorme delas, cobertas com manteiga de amendoim e calda.

Houve um estrondo alto e dei um pulo para trás, pensando por um breve segundo que alguém acertava a porta onde eu estava. Mas era alguém do lado de fora tentando entrar.

"Que raios é isso?", disse a Sra. Goring. Eu a escutei pisando forte pela sala com suas botas enquanto todos os demais permaneciam em silêncio. Bateram à porta outra vez, como se a acertassem com um martelo.

"Quem quer que seja, se está mesmo chutando a porta com o bico da bota, vai encontrar o que procura!", ela gritou.

Algumas pessoas riram baixinho, mas uma curiosidade silenciosa tinha se apossado do grupo dentro do forte. Quando a porta foi aberta, o silêncio foi quebrado pelo som de uma voz que eu nunca tinha escutado.

"Olá, Sra. Goring. Eu senti o cheiro das panquecas."

"Mas não sentiu mesmo."

Quem quer que fosse, ele riu, uma risada agradável, pensando bem, e entrou no forte. "Já faz um bom tempo, Davis. Espero que esteja bem."

"Sim, sim, muito bem."

Quem diachos era Davis?

"Se depender de mim, isso não vai durar muito." A Sra. Goring estava sendo incrivelmente grosseira, mas era o jeito dela, e quem quer que fosse Davis, parecia não se importar.

"Esses devem ser os garotos", disse ele, entrando na sala enquanto a porta era fechada.

"É claro que são eles. Você não aprendeu nada quando esteve aqui?"

"Ah, aprendi bastante, Sra. Goring."

Um silêncio, então ele falou novamente.

"Se não for problema, eu me juntarei a vocês. Eu sou o Davis."

Ele sentou, ou assim pareceu, e cumprimentos foram trocados enquanto eles comiam. Quem quer que fosse, as garotas pareciam particularmente nervosas com sua chegada.

"Rainsford me chamou, perguntou se eu poderia ficar por alguns dias e ajudar a Sra. Goring a consertar a bomba no lago. Aquela velharia está sempre quebrando."

Eu sabia sobre o lago, mas não tinha pensado muito nele até agora.

"De onde você conhece ele?", perguntou Kate, um ar de flerte em sua voz que eu não tinha escutado nem com o Connor. Esse Davis deve ser o maior bonitão, pensei.

"Bem, essa é a outra razão da minha vinda. Encorajar vocês."

"Como assim?", Avery, a quieta, falou com um total estranho.

"Eu já passei pelo programa", disse Davis. Então soou como se ele tivesse enfiado um monte de panquecas na boca.

"Não acredito", disse Connor, dando um tapa no seu próprio joelho ou nas costas de Davis, eu não soube dizer qual dos dois. "Do que você tinha medo?"

"Da Sra. Goring."

Todo mundo riu, e nesse momento tive certeza do que ouvi: a Sra. Goring batendo no braço de Davis, e ele rindo junto com os demais.

Eu me senti realmente sozinho de repente, como se ninguém tivesse me chamado para brincar no *playground*. "Eu não podia nem encarar o lago quando vim para cá", disse ele. "Eu o odiava."

"Por que você tinha medo de peixe?", disse Connor, arrancando uma risada de Ben e Alex.

"Eu prefiro um hambúrguer a tirinhas de peixe a qualquer hora, mas não estava com medo de peixe. Eu tinha medo de água. Não podia nem beber água. Eu sei, é esquisito, não é?"

"Sim, totalmente", disse Alex, mas Avery saiu em defesa de Davis.

"Não acho que é tão estranho. Você tem medo de cachorros. Qual a diferença?"

"Um cachorro pode matar você", disse Alex. Ele não gostou de terem chamado a sua atenção.

"Você sabia que uma pessoa pode se afogar em uma colher de água?", perguntou Davis. "Sério?", disse Kate.

Houve uma pausa. Talvez Davis estivesse limpando a boca com um guardanapo.

"Na verdade não", disse ele. "Entretanto, antes de vir aqui eu pensava que isso era verdade. Até onde eu sabia, o chuveiro podia me matar. Eu não cheirava muito bem naquela época."

"Acho difícil de imaginar", disse Kate.

"É", disse Avery. A competição havia começado. Mesmo eu podia sentir isso, e eu nem podia ver a aparência desse cara.

"Você deve ser o Ben", foi Davis, novamente. "Eu sei por causa da sua camisa. Você a conquistou. Vista-a com orgulho."

"Obrigado. Qual a sua idade?", Ben Dugan perguntou. "Quando você esteve aqui?"

"Dezessete. Eu tinha a mesma idade de vocês quando estive aqui. Todos vocês têm quinze, certo?"

Nenhum som, então todos deviam estar concordando. Uma cadeira foi puxada para trás, e alguém se afastou da mesa.

"Obrigado, Sra. Goring. Estava perfeito." Foi Marisa quem disse. Havia terminado o seu café da manhã.

"Claro que estava", a Sra. Goring respondeu com sarcasmo.

"Então, é o seguinte", Davis prosseguiu. Ele tinha conquistado a confiança deles, e a minha também. "Rainsford me disse que Ben estava curado, e eu estou aqui para dizer a vocês que fui curado também. Mais tarde, quando o sol esquentar as coisas um pouco, vou mergulhar no lago para procurar um cano estourado.

Quero que todos vocês me ouçam, agora. Esse programa tem resultado quando mais nada tem. Estarei por perto esta semana. Se vocês tiverem dúvidas, não deixem de me perguntar. Eu devo a minha vida a este lugar, então é o mínimo que eu posso fazer."

"Eu irei assim que ele deixar", disse Kate. "Eu talvez queira falar sobre isso."

Claro, tenho certeza de que você quer, pensei.

Eu me acomodei confortavelmente atrás da porta, sem prestar qualquer atenção, e, de repente, alguém apareceu na posição que eu conseguia ver pela fresta da porta. A silhueta da pessoa se destacava em frente à cortina que ela estava abrindo.

"O que eu disse a vocês sobre mexer em coisas que vocês não precisam mexer?", gritou a Sra. Goring. Eu olhei para o lado da parede e lá estava Marisa, me olhando de volta. Assim que a cortina se abriu, ela passou um bilhete pela fresta da porta.

"Desculpe, Sra. Goring", disse ela, caminhando na direção dela. "É que é tão agradável ter alguma luz por aqui."

"É isso aí, café da manhã encerrado. Empilhem tudo no carrinho", disse a Sra. Goring.

"Muito bem, hein, Marisa?", Connor implicou. Eu tive a impressão de que ele e os outros garotos estivessem pegando as panquecas e as enfiando na boca, até a voz de Davis preencher a sala de novo.

"Tem mais uma coisa", disse ele, quase com timidez, eu achei. "Um de vocês desapareceu. Rainsford quer que eu o encontre. Conheço muito bem a floresta."

"Will Besting", disse Marisa, sua voz deixando escapar um pouco de preocupação.

"Sim, o Will Besting", respondeu Davis. "Se algum de vocês ouvir alguma coisa, gostaria que me contasse. Não há nada com que se preocupar. Não tem ursos nem animais selvagens por aqui. Mas ele precisa de ajuda, e esse lugar pode ajudá-lo. Eu acho que, se eu pudesse falar com ele, ele viria por vontade própria."

Ótimo. Era tudo o que eu precisava. Algum galãzinho de dezessete anos tentando me rastrear.

Eu parti para o abrigo antiaéreo, apertando o bilhete de Marisa na minha mão, com esperanças de que a busca de Davis não passasse tão cedo pelo porão da Sra. Goring.

Eu visitarei a Dra. Stevens quando todos estiverem dormindo. É como você saberá.
Venha me ver nessa hora, certo? Marisa.

A última vez que eu recebi um bilhete como o de Marisa foi na quarta série. Eu ainda lembro o que ele dizia.

Depois da escola, me encontre no térreo perto do chafariz. Eu tenho algo para você. Jennifer

Jennifer nunca apareceu, mas Marisa apareceria. Ela não tinha mais nenhum lugar para ir e estaria acordada. Eu não era uma coruja como ela, e definitivamente não tinha insônia. Eu dormia muito bem, e sempre que possível. Mas a minha maior preocupação não era cair no sono. Eu estava mais preocupado com a possibilidade de o sistema falhar de novo. Eu perderia o sinal dela quando a hora chegasse e a deixaria esperando, como Jennifer tinha me deixado no chafariz.

Parece que alguém tem um encontro. A voz de Keith ecoou na minha cabeça, e eu o imaginei se apoiando na maçaneta da porta do meu quarto, usando aquele tolo boné verde de beisebol. *Não estrague tudo.*

Não se preocupe, Keith, pensei. Mas eu estava nervoso mesmo assim, e me lembrei de ler *A Pérola* para que eu e Marisa tivéssemos algo para conversar. Desliguei o monitor caso ele tivesse um temporizador e só permanecesse ligado algumas horas por dia. Se fosse verdade, como eu poderia ficar de olho na sala de onde Marisa me daria o sinal? A situação inteira estava começando a me estressar demais, então me reclinei na cama e comecei a ler. Eu tinha escutado *A Pérola* em fita há muito tempo, no carro dos meus pais, acho, mas não conseguia realmente me lembrar da história.

Uma hora depois, liguei de novo o monitor e vi que a sala principal do Forte Éden estava vazia.

"Que esquisito", disse. "Onde está todo mundo?"

Eu olhei meu relógio, quase 11h, e de volta para o monitor, passando pelos três cômodos aos quais eu tinha acesso. O lugar inteiro parecia deserto até a Sra. Goring entrar no meu campo de visão. Ela estava no ponto mais distante da sala principal, caminhando para o quarto das garotas.

"O que ela está fazendo lá?", me perguntei. A porta para o dormitório das garotas se fechou, e ela foi embora. Por alguns segundos, não pensei nada sobre o assunto. Ela estava lá para trocar os lençóis ou algo assim. O que mais estaria fazendo? Mas então eu tive um pressentimento, um tipo de arrepio gelado atrás do meu pescoço, e apertei o botão branco G, trazendo à tela o quarto aonde as garotas iam para falar com a Dra. Stevens.

A cadeira estava vazia. Os números 2, 5 e 7 continuavam estampados na parede. Eu não estava preparado para ver a Sra. Goring se sentar, e menos ainda para o modo como ela fez isso: rápido e perto. Ela se sentou bem em frente ao monitor, criando um efeito de olhos de peixe nas lentes. Foi como se não tivesse entendido como ele funcionava, encarando-o de forma grotesca, seus olhos saltando para frente e para trás, um punho de dedos fechados batendo na tela. E ela estava gritando.

Se tivesse de adivinhar, eu teria dito que ela estava gritando para a Dra. Stevens aparecer, como se a doutora morasse dentro do monitor e precisasse ser acordada.

Que idade tinha a Sra. Goring para não conseguir entender essas coisas? Setenta e cinco? Oitenta e cinco? Mais velha? Talvez ela tenha vivido tempo demais na floresta, perdendo o contato com a realidade.

A Sra. Goring se acomodou e começou a falar em frases curtas. Eu teria trocado com prazer a minha mesa de *air hockey*, o meu Atari e o meu irmãozinho Keith por áudio. O que ela estava dizendo, e por que ela estava dizendo isso? Que razão poderia existir para a Sra. Goring falar com a Dra. Stevens?

Eu voltei a sintonizar a sala principal do Forte Éden, que permanecia vazia. Todos tinham partido, e isso estava realmente começando a me incomodar. Será que eles estavam no porão do forte tendo uma rodada de terapia de choque? Não sei ao certo o que me fez pensar o que pensei em seguida. Pode ter sido porque eu estava cansado e sem paciência com o silêncio opressivo do porão, ou talvez tivesse começado a me sentir tão sozinho e com medo que algo profundo finalmente despertou. Pode ter sido por querer ver Marisa, mesmo se eu não pudesse falar com ela. Tudo de que eu me lembro é que tive um pensamento que me levou para fora da porta do abrigo antiaéreo.

Se eu consegui entrar nesse porão uma vez, eu poderia fazer isso de novo.

Uma última olhada na Sra. Goring sentada na sala.

Ela está lá. Eu posso fazer isso.

Desliguei o monitor e coloquei minha mochila. Antes de me dar conta, lá estava eu subindo a longa rampa para o Forte Éden e parando na sala principal. A sala continuava vazia, mas eu podia ouvir a Sra. Goring se movendo no quarto das garotas, onde a porta permanecia ligeiramente entreaberta. Sua mão poderia estar na porta antes que eu conseguisse sair. O que ela faria se me visse parado aqui? Ela pensaria que eu estava maluco. Será que ela carregava uma pistola enfiada no *jeans*? Os pensamentos de um massacre sangrento no Forte Éden que cruzaram a minha mente me congelaram no lugar. Antes que eu pudesse me mover novamente, a Sra. Goring estava abrindo a porta por completo, prestes a voltar para a sala principal.

Minha única chance eram as escadas levando ao andar de baixo, aquele de onde Rainsford apareceu. Uma grade de metal bloqueava três lados, mas eu estava na ponta aberta – um pequeno sinal de boa sorte. Saí correndo, cheguei ao primeiro degrau pisando com meu calcanhar, e imediatamente pensei duas vezes. As escadas eram estreitas e íngremes de um modo surpreendente. Pior do que isso era uma espessa camada de escuridão bloqueando toda a luz alguns passos adiante. Perdi meu equilíbrio e escorreguei quatro ou cinco degraus, minha mochila sacudindo conforme eu procurava por um corrimão. O caminho estava mudando de direção rapidamente, eu estava em uma escada de pedra em espiral. Ao tropeçar em um degrau, parei com um impacto que me sacudiu os ossos.

Eu estava olhando para cima, encarando a luz sombria do Forte Éden. Olhei para baixo, e a descida parecia viva e ameaçadora, como a boca aberta de uma besta com dentes de pedra nua.

Que lugar é esse?

Uma coisa estava clara: o porão do Forte Éden era profundo. O quão profundo eu não fazia ideia. Escondido onde eu estava, não era difícil imaginar como a escada sinuosa e íngreme, caindo aos pedaços com a idade, poderia seguir eternamente.

As botas da Sra. Goring bateram no chão até a abertura acima do meu esconderijo, então, ela parou.

"Crianças estúpidas. Não conseguem manter suas mãos longe de nada. Nada mais de calda."

Ela estava limpando as grades de metal em torno da abertura com um pano molhado. De onde eu estava, parecia que ela estava mirando através de mim, a silhueta de sua cabeça bulbiforme delineada contra a luz.

Alguns segundos se passaram, e então ela estava se movendo novamente, em direção à biblioteca.

Só quando tentei levantar é que percebi que a Sra. Goring não tinha se dado conta de um garoto na escada. Eu pensei que tinha caído quatro ou cinco degraus, mas essa escada era muito íngreme. Eu tinha caído dez degraus ou mais para dentro da escuridão e não tinha visto nenhum sinal do fundo.

Eu tenho que contar para a Marisa. Eu tenho que contar para todo mundo.

Tão rápido quanto tive esse pensamento, tive outro.

Como eles podem não saber sobre essa escada assustadora?

Era impossível imaginar Connor Bloom não instigando o restante dos meninos a tentar descê-la. Ele era o capitão do time de futebol, então deveria ser sua função levar todo mundo ao limite. Ele teria desafiado Ben e Alex a irem cada vez mais fundo. Eles sabiam, e ainda assim permaneciam. Além disso, era estupidamente perigoso. E se alguém caísse no buraco? E aí? Algo não estava batendo.

Eu peguei minha lanterna de bolso e a liguei, apontando sua luz escassa mais para o fundo dos degraus. Uma parte secreta de mim queria ir mais fundo, ver o quão longe ela ia e o que havia lá embaixo. Mas aquele sentimento passou em um instante, assim que a escuridão devorou a minha luz fraca. Um arrepio me percorreu. Não havia fim para as profundezas do Forte Éden?

Eu escalei os degraus o suficiente para espiar a sala. A Sra. Goring estava na biblioteca, onde eu conseguia ouvi-la murmurando e movendo os livros. *Agora é minha chance*, pensei, e escalei o resto do caminho, parando na borda da abertura. O peso da minha mochila estava me desequilibrando, como se fosse parte de uma trama envolvendo o meu tombo por uma escada infinita e sinuosa.

Eu sentia como se estivesse sufocando. Precisava de ar, ar *de verdade*, não o ar viciado de um abrigo antiaéreo.

Cruzando a sala, abri a porta principal tão silenciosamente quanto possível. Como não vi ninguém, corri pela clareira e por entre as árvores. A chuva tinha parado e o sol estava aparecendo, um dia quente rapidamente se firmando. Eu sabia que poderia ficar meio frio ao cair da noite, mas por agora eu estava livre do Forte Éden e do porão da Sra. Goring, enchendo meus pulmões com o ar da montanha.

Foi uma breve caminhada até a lagoa, não mais do que cinco minutos, quando ouvi vozes ecoando da água. Connor,

Ben e Alex estavam espreitando a beira da água, mas ninguém tinha mergulhado. As garotas tinham se sentado juntas em um deque, seus pés balançando na lagoa gelada. Havia longos galhos de árvores cobertos de musgo espalhados sobre ela, que não era muito grande. Eu tinha certeza de que poderia lançar uma pedra de um lado até o outro se eu tentasse.

"Ele pode ficar lá embaixo bastante tempo", disse Connor para as garotas. Elas decidiram ignorá-lo. Estavam olhando para a direita, e, da minha posição nas árvores, eu podia ver que elas miravam um galpão apoiado em estacas de madeira sobre a borda da água.

Um corpo emergiu da lagoa, agarrando uma das vigas que suportavam a pequena estrutura, arfando em busca de ar. Na outra mão, ele trazia uma chave inglesa.

"Setenta e quatro segundos", disse Avery, olhando para o relógio dela e então para Marisa. "Nada mal!", o grito de Kate atravessou o lago.

Era Davis quem estava embaixo da água, mas agora ele tinha subido na pequena plataforma em frente ao galpão. Eu deduzi que fosse a casa de máquinas.

Davis era tudo que eu não era, e eu estava feliz que Kate e Avery estivessem lutando por sua atenção. Isso deixava menos espaço para Marisa. Eu não teria nenhuma chance contra esse cara. Ele era alto com cabelo preto, e musculoso de um jeito que eu só poderia sonhar em ser. Abaixo de seus olhos escuros, um nariz reto e perfeito de gladiador. Ele disparou um sorriso para as garotas, então se agachou para entrar na casa de bomba e começou a bater a chave inglesa contra algo que eu não podia ver.

"Esse cara é mesmo um Don Juan", eu disse para mim mesmo, tirando os galhos de frente do meu rosto para poder ver mais do lago.

Avery surpreendeu a todos, saindo do deque para mergulhar na água gelada. Ela permaneceu submersa até também alcançar a casa de bombas e emergiu sem fôlego, esticando sua mão até Davis puxá-la para fora da água. Os dois então riram, Kate bufou e Marisa olhou para a floresta. Connor empurrou Ben para dentro da água, o que começou a bagunça entre os meninos, uma bagunça da qual eu estava feliz de não participar. Apesar disso, a coisa toda parecia uma cena de acampamento de verão. Ficar na água, flertar, andar pela área, rir. Eu me senti sozinho, como acontecia com frequência, as árvores pressionando meu corpo como se fossem minhas únicas amigas no mundo.

Após um tempo, Kate chamou Davis.

"Eu estou pronta agora. Mas preciso falar com você primeiro."

Eu pensei em como tinha sido estúpido. O que me fez pensar que essas curas só ocorreriam de noite? E se um dos monitores no abrigo se ligasse e eu não estivesse lá?

Davis tinha um desses relógios de mergulhador e se levantou após olhar para ele. Disse algo para Avery que eu não podia ouvir e ela enrubesceu. Então, mergulhou novamente no lago, ressurgindo no deque uns vinte segundos depois.

"Eu preciso estar de volta à cidade às três," disse ele, passando uma mão molhada pelo seu rosto. "Com a trilha e a estrada ruim, vou levar algumas horas."

"Pensei que você ia ficar com a gente", Kate reclamou. Já tinha passado de meio-dia, o que significava que Davis só estaria por perto mais uma hora. Eu tinha a impressão de que ele não tinha tentado me procurar como havia falado. Parecia mais interessado em Avery e em consertar o que estava errado com a bomba.

"Não posso. Mas voltarei amanhã de manhã, pode apostar. Eu tenho que consertar a bomba e encontrar Will Besting."

Boa sorte. Isso não vai acontecer.

Ele saiu da água e pegou uma toalha em uma pilha delas no deque. Calçou um par de chinelos de dedo nos pés e seguiu caminhando com Kate. Eles vinham em minha direção e eu fiquei nervoso, enfiando-me mais fundo nos arbustos e nas árvores. Por isso eu só ouvi pedaços da conversa deles enquanto passavam por mim. Algo sobre um emprego que ele tinha em Los Angeles, trabalhando com serviços de alimentação para uma equipe de filmagem de filmes de terror que iam direto para DVD. Muita filmagem noturna e os zumbis ficavam com fome, ou algo assim, seguido de risadas. Segui atrás deles conforme eles faziam o caminho de volta para o forte. Segui mais a fundo na floresta, à esquerda deles. Suas vozes diminuindo. Quando eles alcançaram o Forte Éden, sentaram-se nos degraus e conversaram tão baixo que eu não podia ouvir o que eles diziam. Eu me movi entre as árvores, e acabei partindo um galho. Kate pareceu não notar o som, mas Davis percebeu. Ele se levantou, olhou na minha direção e falou:

"Will, se você está por aí, deveria aparecer. Todos nós o queremos aqui. E você sabe que vai esfriar novamente de noite."

Eu não movi um músculo, nem mesmo respirei. Se Davis viesse para a floresta, sem dúvida me acharia rapidamente.

"Venha, Will. Está tudo bem."

Kate puxou a toalha em torno do pescoço de Davis, e ele se sentou outra vez. Eu achei que ela tivesse dito algo sobre eu ser capaz de me cuidar sozinho, mas não tive certeza. Os demais vieram ligeiros pela trilha, o tempo do lado de fora os colocando de bom humor. Alguns minutos de conversa na entrada, e então a porta se abriu e a voz da Sra. Goring preencheu a clareira.

"Almoço. Agora."

Ela desapareceu do lado de dentro e todos a seguiram. Davis foi o último a entrar e, antes que o fizesse, ele se virou e encarou as árvores.

Ele sabia que eu estava lá. Eu podia perceber. Amanhã ele viria me procurar, mas seria tarde demais. Eu já teria ido embora.

A porta para o Bunker da Sra. Goring não estava trancada. Eu tinha torcido e esperado por isso. Nunca a vi carregando nenhuma chave por aí ou trancando alguma coisa. O lugar estava no meio do nada, e me parecia que a questão da segurança estava bem resolvida pelo simples aspecto assustador. Ninguém, ninguém *mesmo*, queria a Sra. Goring como inimigo. Eu podia pensar em poucas coisas que a irritariam mais do que alguém invadir a casa dela.

Davis não permaneceu no forte mais de dez minutos antes de sair novamente. Eu tinha acabado de reunir a coragem de correr pela clareira, abrir a porta da Sra. Goring e deslizar para dentro. Captei um vislumbre dele saindo quando estava entrando e imaginei se ele tinha suspeitado de onde estava.

Desci direto pelos degraus e encontrei a porta do porão aberta também, alerta ao retorno da Sra. Goring após servir o almoço. Davis estava na floresta, procurando por mim ou tomando o rumo de casa, então, pelo menos, eu estava seguro no momento.

Puxando a porta do abrigo antiaéreo praticamente fechada, eu me acomodei e liguei o monitor. Eles estavam à mesa, comendo e falando, e a energia na sala era bem alta. Tentei ver um pouco da blusa de Ben Dugan, mas não consegui. Uma medalha de honra, deduzi, algum tipo de blusa de acampamento que você ganha se deixá-los assustarem você até quase morrer do coração.

Logo a Sra. Goring estaria de volta, a porta do porão seria trancada e eu estaria preso mais uma vez. Eu deitei na cama, tão cansado, e meu irmão mais novo assombrou meus sonhos de vigília.

Aquele Davis é um problema. Ele pode ter a garota que quiser. Melhor aceitar isso.

O que você sabe sobre isso? Você tem uns dez anos.

Eu tenho treze, Will. E já tive muito mais encontros que você. Acredite em mim.

Cale a boca, Keith. Você é um idiota.
Talvez eu dê uma chance à Marisa. Ela não é de todo má. Especialmente com aquela blusa. Que indireta.
Eu vou bater em você agora.
Duvido.

O sonho se dissolveu em loucura, meu punho acertando a cara de Keith e nós dois desabando por uma escada sinuosa e caindo dentro da escuridão, nossas pernas e braços emaranhados. Quando atingimos o chão, Keith tinha desaparecido, mas a Dra. Stevens estava lá, de pé no quarto azul, segurando o elmo.

Sente-se. Eu tenho algo para você.
Não.
Tem certeza?

Acordei suado, olhei para o meu relógio e suspirei. 3h13. Um sonho tão vívido, quase real. Balancei minha cabeça acordado e tentei me acalmar. O monitor estava apagado, e eu pensei com algum temor que o sistema havia parado novamente. Não me lembrava de tê-lo desligado, mas deve ter sido isso, porque quando cliquei no botão S, a sala principal estava lá mais uma vez. Eu vi a abertura negra dos degraus e tremi. Todos estavam sentados à mesa, incluindo Rainsford, suas costas voltadas para a câmera. "Quando vou conseguir ver o rosto desse sujeito?", eu pensei, e foi como se ele tivesse me escutado falar.

Ele se levantou, aparentemente falando, então se virou na minha direção, caminhando lentamente com suas mãos para trás das costas.

"Uau, ele é velho", eu disse. Essa foi a primeira coisa que veio à minha cabeça. Rainsford parecia um ancião. Ele caminhava lentamente e cambaleante, como se os joelhos o estivessem deixando na mão. Tinha o cabelo grisalho, sobrancelhas grossas e um rosto fino. Se ele e a Sra. Goring estivessem lutando dentro de uma jaula, ele perderia feio.

Eu estava frustrado de não poder ouvir sua voz. Ele não olhou diretamente para a câmera, mais para o lado. Porém, só de vê-lo eu já tive vontade de desistir da luta. O modo como ele se movia quando falava era quase hipnótico, certa cadência que entorpecia os sentidos.

Ele se virou, e Kate Hollander se levantou.

Eu quase podia ouvi-la dizendo as palavras à medida que ela veio para o lado dele. "Eu estou pronta."

Os dois caminharam juntos até alcançarem a porta do quarto das garotas. Ele a tocou com gentileza no ombro e ela entrou no cômodo. Ninguém na mesa se moveu quando Rainsford passou lentamente por eles e começou a descer a escada em espiral, de volta a sua câmara particular. Eu não conseguia deixar de imaginar que ele poderia quebrar o pescoço na descida. Após Rainsford ir embora, senti um formigamento no pé e percebi que estava com câimbra. O resto do meu corpo parecia já ter acordado de um sonho.

O que tinha acontecido? Eu o tinha visto ou sonhado com ele? Era difícil dizer se eu tinha acordado de um sonho dentro de um sonho.

Apertei o botão branco G para garotas, e a tela ligou com a imagem de uma cadeira vazia e três números pintados em vermelho na parede de trás.

2, 5, 7

Coloquei meus fones enquanto Kate entrava no quarto e sentava para encarar o monitor da Dra. Stevens. Eu busquei uma das sessões da Kate com a Dra. Stevens. Vê-la era tão estranho. As palavras na minha cabeça meio que não batiam com a imagem, mas, de alguma forma, tudo parecia orquestrado.

E se você estiver realmente doente? Já pensou sobre isso?
Isso é estúpido. Olhe para mim. Eu estou bem.

As aparências enganam.
Não no meu caso. Não tem nada aqui escondido.
Você sabe, Kate, os médicos não machucarão você.
Diga isso para a minha mãe.
Eles não a estão machucando. Eles estão tentando ajudá-la.
Dezenove cirurgias e a cabeça dela continua uma confusão. Parece um fracasso daqui de onde estou sentada.
Vamos falar sobre isso, sobre onde você estava quando aconteceu o acidente.
Não, não vamos.
É importante, Kate.
Não, não é. E eu não quero falar sobre isso.

Era assim que as coisas aconteciam com a Kate Hollander. Ela tinha pavor de médicos, de qualquer um que pudesse tentar curá-la. Havia momentos nessas sessões que soavam como se a Kate estivesse no comando, e não a Dra. Stevens. Mas graças a uma imensa quantidade de arquivos de áudio, eu também tinha descoberto uma Kate de múltiplas faces. Ela podia ser calma, lúcida. Às vezes ela podia chorar em razão do seu medo ou de uma culpa terrível. E nessas horas ela era delicada como uma criança pequena. No seu estado mais vulnerável, ela dizia coisas que eu não entendia.

Eu gosto de dor. Ela é minha, posso controlá-la.

E nesses momentos eu começava a me dar conta de que o medo dela não era realmente de médicos, mas de algo mais profundo que eu não entendia por completo. Eu sabia que a mãe dela tinha sofrido um acidente, e que o acidente tinha deixado cicatrizes em seu rosto e sua cabeça, tinha roubado dela a sua beleza e algo mais.

A mãe de Kate nunca mais foi a mesma depois disso. Ela não havia desaparecido, mas também não estava mais lá de verdade.

Kate Hollander se levantou, e eu tirei os meus fones. Ela segurava um pincel grosso, assim como Ben Dugan tinha feito.

Após caminhar em direção à parede, ela cobriu o número 2 com um golpe de tinta roxa. Quando acabou, largou o pincel aos seus pés sem se virar, coçou a parte de trás da cabeça como se isso a estivesse entediando e deixou o cômodo.

Eu me perguntei de novo qual seria o significado de destruir os números, mas começava a entender. Se Kate era o número 2, então ela estava se livrando do seu medo, e, com ele, de uma parte dela mesma.

Mudei rapidamente para a sala principal e a vi saindo do quarto das garotas, olhando para a mesa onde todos esperavam por ela. Connor fez um tipo de sinal da vitória com o punho, enquanto os outros a aplaudiam. Ela se virou para a porta do meio, aquela entre os quartos dos meninos e das garotas, e a abriu.

Ela foi embora, e eu comecei a pensar sobre onde diabos ela estava indo. Eu havia pensado sobre isso, mapeando tudo como um nível em uma tela de videogame. Tinha que existir um longo corredor, com uma escada no final.

O quanto para baixo ficava a sala roxa que Kate entraria? Onde ela encontraria o estranho elmo com fios balançando? Se fosse no mesmo andar do quarto de Rainsford, era um longo caminho para baixo nas profundezas da terra.

Um bom tempo, que pareceram horas, se passou no abrigo antiaéreo. Ninguém parecia se mover na sala principal. O silêncio havia invadido o mundo do Éden.

A tela em um dos seis monitores desligados começou a tremer. Existia o monitor bem no centro, que eu podia controlar, e seis em torno dele em um círculo perfeito.

Ben tinha aparecido no topo, e agora Kate preencheria o primeiro monitor à direita, que seria o dela.

Eu estava impressionado com a sala, que era diferente em duas formas daquela onde esteve Ben Dugan. Primeiro, ela não era azul, mas roxo escuro, rudemente pintada e riscada com listras pretas. Segundo, Ben Dugan tinha encontrado uma simples cadeira de madeira, mas a cadeira de Kate era mais elaborada, uma cadeira de barbeiro ou algo assim.

As semelhanças eram óbvias: o elmo estava lá, repousando sobre a cadeira de barbeiro, sua torrente de fios e tubos subindo para o teto.

Pelo meu relógio, que eu tinha usado para cronometrar o evento, Kate Hollander só levou três minutos para ir da sala principal no Forte Éden até a sala roxa com a cadeira de barbeiro. *Três minutos?* Isso excluía a possibilidade de uma longa descida por escadas traiçoeiras, então devia existir algum outro jeito de descer.

Como aconteceu no caso do vídeo do Ben, eu estava captando alguns sons estranhos vindos de algum lugar dentro da parede: uma profunda estática elétrica que eu nunca tinha escutado antes de entrar no abrigo antiaéreo.

Kate pegou o elmo, colocou-o na cabeça e sentou-se na cadeira de barbeiro. A tela se encheu de dados, como tinha acontecido antes. A linha de mercúrio no lado direito da tela, um ponto roxo flutuante esperando para decolar, e no canto esquerdo, no topo, as palavras:

Kate Hollander, 15
Medo agudo: Doutores, hospitais, clínicas

Por um longo tempo, nada aconteceu, e comecei a imaginar se a determinação de Kate Hollander era mais forte do que a cura que Rainsford tinha criado. Então a cadeira começou a rodar, primeiro para um lado e então para o outro, como se fosse controlada por uma mão invisível.

Desculpe, Kate, eu pensei. *Acho que seus problemas só estão começando.*

A imagem que estava na tela derreteu e foi substituída por um médico em um jaleco branco. Eu via dentro do elmo, a mesma cena que Kate, e me perguntei novamente de onde vinham as imagens. De repente, o médico estava perto, uma mancha de sangue do tamanho de uma moeda no canto de sua máscara branca. Ele olhou para mim, o que significou que estava olhando para Kate, inclinando a cabeça de um lado para o outro como uma criatura planejando o seu ataque. Os olhos estavam completamente inquietos, ao mesmo tempo vagos e procurando. Sua mão se aproximou da tela e ele colocou uma luva plástica. Ele estava falando com ela? Devido à máscara, eu não sabia dizer.

A cadeira girou sem controle, e a tela voltou bruscamente para a sala roxa, onde a cadeira de barbeiro também girava. Kate Hollander estava se segurando com tanta força que os dedos estavam brancos nas articulações.

A tela voltou para o que Kate via: a parte de trás da cabeça de uma mulher, com cabelos loiros fartos. Ela estava dirigindo um carro, então a visão era de alguém no banco de trás. O ângulo da câmera deslizou para baixo, revelando pequenas pernas acomodadas em uma cadeirinha de banco. Era uma criança de cinco ou seis anos, e o bichinho de pelúcia dela tinha caído no chão atrás do banco. Enquanto isso, sons estranhos preencheram o abrigo antiaéreo, como se a parede de monitores estivesse buscando seu caminho para fora de um sonho desesperançado.

Havia mais sons dessa vez do que da última, eu pensei. *E os sons eram piores.*

A cadeira girou novamente, a tela mudando o tempo inteiro da imagem da sala roxa para a insanidade dentro do elmo. O médico estava olhando para o outro lado, mas quando ele se virou trazia uma geringonça metálica enferrujada que era claramente projetada para se encaixar na cabeça de um paciente. Havia parafusos longos voltados para o centro, desgastados pela idade e afiados nas pontas. Ele avançou, colocou o que quer que fosse essa coisa na cabeça de Kate e começou a parafusar. Eu me retraí pensando na pobre Kate Hollander.

A tela ficou louca novamente, levando o foco para o carro onde a mulher no volante se virou na direção da criança enquanto dirigia. Elas estavam conversando, a criança agitada sobre o brinquedo perdido no chão e tentando se libertar da cadeirinha no banco. A mulher – a mãe de Kate, tinha que ser – estava alternando entre olhar para frente e para trás, para a criança e para a estrada, procurando cegamente com o braço no chão atrás do banco.

A cadeira girou novamente e encontrou o médico se movendo com uma seringa na mão, esguichando uma linha de líquido roxo de uma longa agulha.

Oh não. Isso é ruim, pensei, a tela guinando sem controle, mostrando Kate agarrando a cadeira de barbeiro, mas só mantendo a imagem por um segundo antes de o médico reaparecer.[2]

E a pergunta central acima de todas as demais, enquanto o médico manuseava uma serra, afiando-a contra uma pedra em sua mão: *Por que está fazendo isso com a gente?* Parecia que o médico estava planejando usar a serra na cabeça de Kate, mas à medida que ele se aproximava, a cadeira girou novamente.

A linha roxa na ponta da tela estava se movendo rápido, mais rápido do que tinha acontecido na vez de Ben Dugan. Kate Hollander estava petrificada.

---

[2] *Como ele sabe essas coisas sobre nós?* Eu me perguntei. Eu estava preparado para responder com uma das três opções:

1) Rainsford tinha seguido cada um de nós por um longo tempo, gravando esses eventos ou, pior, fazendo-os acontecer.

2) O elmo tinha aberto as memórias de Kate e Ben. Rainsford tinha descoberto um jeito de encontrar certo tipo de memória, e então trazê-la à vida dentro do elmo e nas telas a que eu assistia.

3) A Dra. Stevens tinha revelado cada mínimo detalhe de cada medo, reunindo de alguma forma as informações de parentes ou em sessões de hipnose ou sabe-se lá como, e as cenas tinham sido meticulosamente recriadas para evocar um sentimento de medo extremo.

Um som sinistro veio da parede como um motor de barco ecoando para cima e para baixo em um mar revolto, e a tela voltou ao carro onde a mãe de Kate estava se inclinando sobre o banco, olhando para o chão, a estrada oscilando atrás dela.
Então, a caminhonete.
E depois disso, uma explosão de luz branca e dura sincronizada com um barulho brutal que eu jamais queria ouvir novamente: um som terrível de choque violento, como pedras grandes girando dentro de um misturador de cimento.
O monitor piscou de volta para Kate. A linha roxa tinha alcançado o topo da tela. Os fios na sala ganharam vida. Kate se sacudiu com violência, mas somente por um momento, e então tudo tinha terminado.
A sala roxa ficou calma e quieta à medida que a cadeira girava levemente para um lado, como um triciclo subindo em uma calçada de uma rua sem saída. O único som no abrigo antiaéreo era o da minha própria respiração.
Ela não estava se movendo, mas eu já tinha visto isso antes, então sabia que ela não estava morta. Longe disso. Como a imagem da sala roxa tremeluziu no monitor e então desapareceu por completo, entendi o que tinha acontecido.
Kate Hollander tinha sido curada.

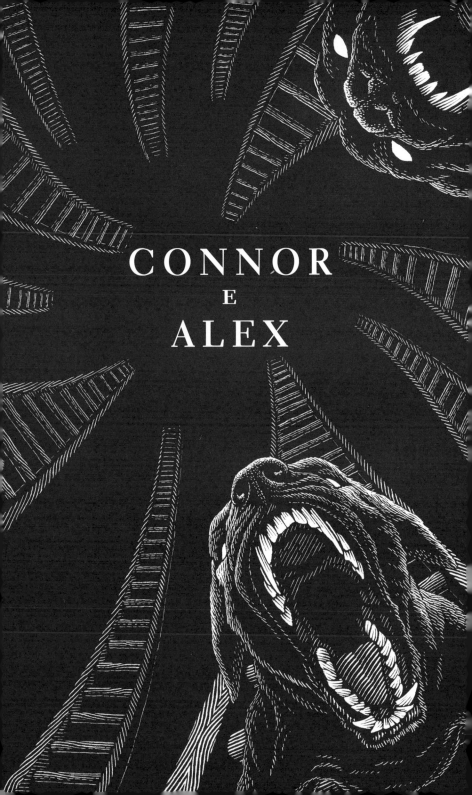

Eu não me preocupei tanto com a Kate quanto tinha me preocupado com o Ben, e acreditava que iria me preocupar ainda menos com o Connor. Daquela forma, as curas eram como um videogame. Eu jogava principalmente jogos antigos – Berzerk, Donkey Kong, coisas do tipo – mas uma vez ou outra passeava pelo quarto de Keith. Ele tinha um Xbox, que eu chamava de Caixa da Morte. Se eu não tivesse estado lá há algum tempo, digamos, algumas semanas, eu ficaria surpreso com o sangue e as armas, a ridícula contagem de corpos nos jogos que ele gostava. Que coisa engraçada, pensei. Se eu zanzasse por ali por alguns minutos, isso começava a me incomodar menos. Meia hora depois, se eu ainda estivesse no quarto, não me importaria mais. O sangue e os corpos não significavam nada.

Quando vi Ben Dugan ser curado, senti uma dor real, como se uma pessoa tivesse sido varrida da existência. E eu estava com medo. Se Ben estava morto, eu poderia ser o próximo, e não estava pronto para morrer. Além disso, o que quer que tivesse acontecido com ele parecia doloroso e assustador.

Com Kate, eu sabia da verdade. Ela tinha sido aterrorizada, mas não literalmente até a morte. Saber disso amenizou os procedimentos, mas, sejamos francos, não de uma boa maneira. Eu estava me sentindo anestesiado em relação a tudo isso. Sabia que essa sensação iria ser reforçada com Connor e Alex. Mas o que aconteceria quando Marisa colocasse o elmo? Com ela eu sentiria.

Talvez eu até recuperasse o que as curas estavam tirando de mim.

Algo muito importante aconteceu enquanto eu esperava o monitor central voltar a funcionar. Aconteceu porque eu estava em um estado de tédio profundo.

Terminei de ler *A Pérola*, um livro curto, e estava louco para falar com Marisa sobre ele. Agora tinha começado *A Mulher nas Dunas*. Mas eu não era um grande leitor, e já tinha lido bastante.

Sem mais nada para fazer, comi uma barrinha Clif e tirei tudo o que estava dentro da minha mochila. Esvaziei cada compartimento com zíper, por nenhuma razão além de ter o que fazer além de olhar para as paredes. Dentro de um dos pequenos bolsos, encontrei um tocador de MP3 ruinzinho que eu não tinha colocado na mochila, que reconheci imediatamente como sendo de Keith. Ele era pequeno e antigo, o único tipo que meu irmão sem grana conseguiria comprar. Não era nem da Apple. Ele tinha colado um recado amarelo no tocador, mas ele tinha caído e estava no fundo do bolso. Eu o peguei e colei no meu dedo.

Estou jogando Berzerk. Fique bem. Keith.

Ele tinha sido uma peste, mas, por alguma razão, a nota me angustiou, minha garganta apertando como se eu estivesse na *van* a caminho do Forte Éden. Senti falta de seu besteirol compctitivo. E me enviar o tocador tinha sido algo realmente relevante. Ele estava sempre andando pela casa com seus fones de ouvido, ouvindo *rock n' roll* clássico, que ele dizia torná-lo mais inteligente. Ao enviar o bilhete e o tocador, ele estava tentando me ajudar do seu jeito discreto, mesmo que nunca fosse admitir isso. Ficar sem a sua música seria um sacrifício. Ele teria que ouvir a minha mãe importuná-lo o dia inteiro.

Os fones de ouvido brancos que ele tinha enviado estavam cobertos de cera de ouvido, então eu os enfiei de volta no bolso lateral da minha mochila e peguei os meus. Os meus eram pretos e perfeitamente limpos. Se eu os usasse por baixo do capuz, era difícil dizer que eu estava com eles, e isso me agradava muito. Eu tirei meu capuz e aumentei o volume.

Não reconheci a primeira música nem a segunda, mas a terceira era o Kiss com "Detroit Rock City", que contava a história de alguém que atingia uma caminhonete de frente. Coincidência? Não sei, mas isso me conectou a Kate e aos outros de uma forma inesperada. Cliquei voltar e toquei a música novamente, prestando atenção nas palavras que eu tinha deixado passar, e saí do porão.

Estava escuro lá fora, mas um raio de luz vindo do abrigo antiaéreo se derramou pelas sombras enquanto eu começava a olhar latas e caixas a esmo. Deixei um fone pendurado ao meu lado e fiquei ouvindo apenas por um ouvido, caso a Sra. Goring chegasse de repente. Perto do canto onde ficava o painel elétrico, estava escuro demais para se enxergar, então acendi a luz do porão. Quando voltei, a música tinha acabado e eu a coloquei para tocar mais uma vez. Uma música tola, é verdade, mas estava me conquistando. Eu podia entender por que o Keith gostava da forma como ela bloqueava o resto do mundo.

Havia um conjunto de prateleiras de metal próximas ao painel elétrico que eu só tinha visto de relance antes. Uma lona, endurecida com sujeira, estava enfiada na prateleira de baixo como um lenço de papel gigante e amassado.

A segunda metade estava coberta com latas antigas de tinta e frascos com pregos, parafusos e arruelas. Era difícil ver a prateleira de cima. Sua superfície estava fora do meu campo de visão, mas ela parecia ter mais do mesmo: algumas latas velhas de café cheias de coisas que não me interessei em olhar, uma frigideira, uma lancheira.

A lancheira chamou minha atenção, e fiquei surpreso de não a ter notado antes. Era do tipo verde e grande que um marceneiro leva para o seu local de trabalho, retangular na base e arredondada no topo. Quando criança, eu me imaginava com martelos e serras, construindo uma casa, carregando meu lanche em um objeto desse tipo. Eu a alcancei e a levantei pela alça.

"Nossa, essa coisa é pesada", eu disse, colocando-a no chão de concreto com uma batida forte. Eu a levantei de novo e olhei o fundo, onde alguém tinha usado uma caneta preta grossa para escrever a palavra GORING em maiúsculas. "Detroit Rock City" estava chegando ao fim no meu fone de um lado só quando eu coloquei a caixa no chão de novo, o carro estava chegando a noventa e cinco por hora na música, desviando do conversível que vinha em sua direção. Abri as duas travas enferrujadas na lancheira e abri a tampa.

Dentro dela, enrolado em um emaranhado, estava uma coisa que eu queria mais do que tudo.

Headphones.

Não os de colocar dentro do ouvido, mas *headphones* de verdade, os grandões que colariam nas laterais da minha cabeça como orelhas de um macaco gigante. Eu os retirei da maleta, deixando o bolo de fios enroscados cair para fora.

Uma música do The Who, "My Generation," começou a tocar na minha orelha, e eu tirei o fone. Segurando a ponta do fio em minha mão, examinei três conectores estranhos. Eles eram grossos como se fossem feitos para encaixar em um isqueiro de carro e seu tamanho batia perfeitamente com os buracos na parede dos monitores. Eu reagi com velocidade, meus sapatos deslizando ao contornar a esquina. Quando alcancei o abrigo antiaéreo, desembolei a longa e grossa bobina que liberou os *headphones* para os conectores.

"Vamos lá, funcione. Me dê algo que eu possa usar", eu disse, colocando-os sobre minhas orelhas. Eles eram tão antigos que o plástico nas grossas coberturas das orelhas estava rachado e quebradiço. E eles eram grandes, tão grandes que meu capuz não conseguiu cobri-los sem esticar. Não era o par mais confortável de *headphones* que eu já tinha usado, mas eram bem diferentes. Tinham sido feitos para os monitores do abrigo antiaéreo. Isso eu sabia porque os três conectores se encaixaram com facilidade nos buracos na parede.

Eu estava conectado.

Agora, tudo o que eu precisava era de um sistema que funcionasse para valer.

Permaneci próximo à parede de monitores, apertando os quatro botões um de cada vez, mas não aconteceu quase nada. Um barulho sutil, como eletricidade correndo pelas redes de energia sobre minha cabeça, zumbiu nos meus ouvidos.

Olhei para o meu relógio: 11h04. Se Marisa estava tentando me mandar uma mensagem, eu não conseguia vê-la. Coloquei os *headphones* na cama e fui para o porão, onde apaguei a luz e devolvi a lancheira verde ao lugar onde a tinha encontrado. Quando voltei, diminuí a luz no abrigo antiaéreo e apertei o botão G para garotas. Coloquei os *headphones* de volta e sentei na cama instável, esperando.

Dez minutos depois, eu caí no sono.

———

A *cabeça de Kate dói.*

Ela não voltou para me ver. Fora isso, como ela estará?
Bem. Ela foi para a cama mais cedo, tipo umas 10h30. Ela estava cansada, mas diferente.
Diferente como?
Ela não tinha mais medo.
Como você pode ter certeza?
Eu sei como perceber isso em uma garota. Ela está curada.

Eu abri os olhos e me movi, mas não podia ouvir as molas da cama rangendo. Minhas orelhas se sentiram quentes e esmagadas, e havia vozes.

Isso são ótimas notícias, Marisa. Você está animada? Não vai demorar muito, agora.
Acho que estou. É tão misterioso, sabe? Kate disse que não conseguia se lembrar do que tinha acontecido. Bastou acordar e ela já sabia.
Acontecerá o mesmo com você.

Rapidamente, fui arrancado do sono e parei diante da parede de monitores.
"Eu posso ouvir você", eu disse, mal ouvindo minha própria voz através da espuma espessa e do plástico rachado. "Eu posso ouvir o que você está dizendo."

"Enfim, eu só queria dizer que todo mundo já foi dormir. Você me conhece, sempre a última a deitar."

Marisa olhou para o chão e de volta para a tela, como se estivesse olhando para mim, e não para a Dra. Stevens.

"Só um pouco mais. Aguente firme, tudo bem?"
"Certo. Desculpe ligar tão tarde."
"Isso nunca foi um problema, Marisa. Ligue a qualquer momento."

Marisa se levantou da cadeira, e eu ouvi a porta abrir e fechar.

"Eu tenho que me mexer, e rápido", eu disse, enfiando na minha mochila as coisas que eu tinha espalhado pelo chão. Eu estava espantado com a velocidade com a qual eu tinha transformado o abrigo antiaéreo em algo que parecia mais com o meu quarto de casa. Além de despejar as coisas da minha mochila, eu as tinha empilhado. Roupas extras, meu Gravador e o tocador de MP3 de Keith, uma montanha de barrinhas Clif, garrafas de água todas enfileiradas. Eu tinha empilhado tudo ordenadamente encostado na parede enquanto esvaziava a minha mochila, e deixado tudo lá quando consegui os enormes *headphones*. Eu tive menos cuidado guardando minhas coisas, atafulhando as camisas e as barrinhas, e depois as garrafas como um soldado fazendo a mala para sair de uma trincheira sob ataque. Os *headphones* continuavam ligados, aquele som sutil de estática dançando nos meus ouvidos, e então as vozes apareceram, limpas e inesperadas, e eu me virei para a parede de monitores. A sala continuava vazia, mas a Dra. Stevens estava falando com alguém que tinha uma voz sepulcral e antiga.

Rainsford. Tinha que ser ele.

Ela ainda não está pronta. Melhor terminar com os meninos primeiro.

Eu posso cuidar dos dois grupos ao mesmo tempo. É o que eles querem. Eu percebi isso.

Nós não estamos nem na metade do caminho. Não exagere. E nós ainda não encontramos o Will Besting.

Davis irá encontrá-lo. Tenho poucas dúvidas sobre isso.

Houve uma pausa preenchida com estática, o clique de um botão, e então mais conversa.

Eu não tenho certeza de que ela é confiável.

Não seja ridícula. Claro que é. Ela fará a parte dela. Eu vou garantir que aconteça.
Está bem.
Marcador de canal desligado. 12h21.

Eu tirei meus *headphones* e puxei os conectores da parede, meus ouvidos se ajustando ao silêncio mortal.
Eu não tenho certeza de que ela é confiável.
Eu não queria saber o que isso significava, mas lá vai: um de nós não era quem aparentava ser. Alguém estava por dentro do que estava acontecendo, uma mulher. Kate Hollander ou Avery Varone, disse para mim mesmo. É uma delas. Elas estão mantendo o olho em todo mundo, garantindo que ninguém saia da linha. Uma delas é uma informante.

Eu caminhei para o portão e devolvi os *headphones* à lancheira, colocando-a na prateleira de cima. Depois, terminei de arrumar as minhas coisas. Estava cansado de carregar a mochila por aí e a escondi em uma das prateleiras do porão. Um bolso de trás com o meu Gravador, o outro com minha cópia, em livro de bolso, de A *Pérola*, e eu estava pronto para partir.

Enquanto isso, um único pensamento passava pela minha cabeça, repetidamente, até eu alcançar a rampa e abrir a porta do Forte Éden.
Por favor, que não seja a Marisa.

━━━━━━

Ela sentou-se perto de mim no sofá no início e me olhou como se sentisse a minha falta. Os pensamentos de traição estavam se desfazendo, mas eu estava cauteloso, meio resguardado.

"Espero que Rainsford não apareça por aqui e nos pegue. Ou a Sra. Goring. Isso seria péssimo."

Ela me disse que eles não viriam, não dando muita atenção para o assunto, como se isso não importasse, e eu comecei a me preocupar, achando que o encontro pudesse ser uma armadilha. Todos chegariam de uma vez e eu seria capturado. A Sra. Goring viria do porão, Rainsford viria das escadas de pedra em espiral, os outros garotos, dos quartos de trás. Eles sairiam de todos os cantos do forte como ratos e me encurralariam.

"Não fique nervoso, Will", disse Marisa. Ela já me conhecia. Sabia dizer que eu estava em conflito. "Ninguém irá nos encontrar."

Ela se esticou e tocou a minha mão, seus dedos macios e trêmulos no escuro, e meu coração acelerou.

"Você não disse a ninguém onde estou me escondendo?", perguntei.

"Não", ela respondeu, um traço leve de autodefesa em sua voz, a mão puxada de volta. "Você voltará quando estiver pronto. Só precisa de tempo."

"E se eu não quiser?"

"Então não voltará. Mas acho que deveria."

"Por quê?"

"Porque, Will, o método funciona. Kate está curada."

"Como você pode ter certeza? Não há médicos aqui na floresta."

Marisa franziu a sobrancelha escura, e inclinou a cabeça. Como eu saberia qual era o medo da Kate? Eu deixei escapar, mas ela não perguntou.

"Você sabe como é estar com medo", ela prosseguiu. "Você sabe como reconhecer a sensação. Existe uma coisa, sempre lá, não importa a situação. Kate e Ben tinham isso, assim como você e eu. Mas agora essa coisa se foi."

Ela olhou para mim, e senti o muro que eu tinha erguido entre nós começar a desmoronar. Se ela quisesse contar a eles onde eu estava, já teria feito isso.

"E eu tenho que contar algo para você."

Existiam muitos motivos para eu ter contado a ela naquela noite no Forte Éden: a culpa esmagadora, a solidão, o absoluto medo de ser capturado e jogado numa sala no fim do mundo. Mas, principalmente, eu queria segurar a mão dela mais uma vez. Depois disso, eu poderia morrer em paz. Talvez minha melhor e única esperança fosse ser honesto.

Então, contei a ela muitas coisas, mas não tudo. Contei a ela sobre os arquivos de áudio, certificando-me de mencionar a parte sobre como eu sentia realmente que *precisava* pegá-los. Contei a ela que tinha descoberto os *headphones* que me deixariam ouvir os monitores, mas que eu não quebraria nossa confiança de jeito nenhum e não ouviria quando sentisse que não deveria.

Contei a ela que era solitário estar no abrigo antiaéreo e que eu só confiava nela. Eu deixei de lado os quartos coloridos e o que acontecia dentro deles, porque eu ainda não sabia se devia roubar dela a chance de ser curada, não importava o quanto os métodos fossem bizarros. Se ela soubesse, nunca passaria por eles.

Depois disso, cheguei à parte mais difícil de todas. Contei a ela o que eu temia.

"Eu tenho medo de pessoas", eu disse. "É por isso que eu não queria vir aqui." E na hora ela respondeu: "Eu sei. Tudo bem."

Era tão óbvio assim? A mão trêmula estava de volta, e respirei bem fundo por um momento que desejava que não tivesse fim.

"Eu consigo ficar em casa", eu prossegui, encorajado. "Meu irmão mais novo é irritante, mas eu consigo ficar perto dele. E dos meus pais e da Dra. Stevens, mas é mais ou menos isso."

"E de mim", ela acrescentou, e eu percebi que ela estava certa.

"É, e de você."

Ela afastou a mão mais uma vez e esfregou suas palmas no pijama de flanela.

"Então eu não preciso contar a você do que eu tenho medo, você já sabe?"

"Sim, e sinto muito."

Foi um sinto muito verdadeiro, cheio de significado, e ela entendeu: eu sentia pelo meu erro e, muito mais importante, sentia por ela precisar ter medo. Eu imaginei como esse momento seria. Ela se levantaria, iria embora e nunca mais voltaria, ou correria pelo forte batendo nas portas, contando a todos o que eu tinha feito.

Entretanto, ela não disse nada, nem se moveu. Apenas olhou para seus sapatos como se estivesse pensando em se levantar e ir embora, mas não conseguisse reunir vontade para isso. Ela inclinou a cabeça para cima, encarando o espaço.

"É bom não ter que contar. Não gosto de falar sobre isso. Mas o que você fez foi errado."

"Eu sei que sim."

Mais silêncio, e eu estava certo de que o que havia começado entre nós tinha chegado ao fim. Então, ela falou. "Eu provavelmente teria feito a mesma coisa se achasse que ficaria impune." Eu precisava de uma resposta perfeita, e, ao menos uma vez, eu acho que consegui acertar.

"Não, você não teria. Você é melhor do que isso."

Ela olhou em volta, escondendo um sorriso fugaz, e administrou a punição. "Sem dar as mãos por vinte e quatro horas."

Uma punição apropriada, já que era a única coisa que eu queria.

Nós nunca separamos um tempo para pegar os livros e falar sobre eles. Nossa conversa girava em torno do que tínhamos feito enquanto estávamos separados. Eu contei a ela sobre ver Davis, e ela me contou que Avery estava caidinha por ele. Ela disse que Kate andava tendo dores de cabeça e Ben ainda sentia suas juntas doloridas, efeitos colaterais dos tratamentos, e que Rainsford garantiu a eles que logo passariam.

Perguntei por que ninguém tinha se aproximado da escada em espiral que levava ao quarto de Rainsford, e ela disse que ele tinha dito para não fazerem isso, então eles não fizeram. Perguntei sobre a porta entre as salas aonde as pessoas iam para serem curadas, e ela disse que ela estava lá para certo propósito. Ninguém passava por lá até chegar a sua hora.

Havia aquele algo nela que parecia muito submisso, uma parte que eu não entendia, como se alguém controlasse sua mente.

Foi esse lado dela que me fez voltar uma hora mais tarde, depois que ela finalmente tinha dormido.

Tinha chegado a minha hora de abrir aquela porta e ver o que estava por trás dela.

Não fique nervoso, Will. Ninguém irá nos encontrar.

A frase com a qual Marisa me cumprimentou mais cedo se repetia na minha cabeça, o tipo de coisa que uma garota poderia dizer se estivesse convidando-o para o quarto dela pela primeira vez. Pelo menos foi o que imaginei quando encarei o corredor. Por que não poderíamos estar no quarto dela em vez de nos descobrirmos em um hospício?

Eu abri a porta pesada. Olhando mais de perto, percebi que era de carvalho maciço. Era o tipo de placa pesada de madeira na qual eu tinha medo de prender os meus dedos, um verdadeiro quebrador de ossos. Até onde eu saberia dizer, ela não tinha fechadura.

Atrás da porta, a poucos metros de distância, uma cortina preta e pesada.

Fechei a porta atrás de mim e senti meu estômago se revirando completamente, como se eu tivesse me prendido em um caixão e um coveiro estivesse prestes a jogar terra em cima de mim. Abri a cortina ao meio e passei por ela, vi uma luz fraca vinda do alto, no final de um longo corredor. Ele me lembrou a rampa do porão que ficava entre o Bunker e o Forte Éden, só que mais curta e inclinada para baixo. Havia um corrimão de cada lado e, no piso inclinado à minha frente, imagens fúnebres em preto e branco. Olhando para baixo, descobri estar parado sobre uma pintura de Kino, o homem do livro que tinha encontrado a pérola.

Ele estava flutuando pelo chão em uma canoa, suas costas voltadas para mim. Bem longe, ele aparecia de novo, menor na distância e, mais uma vez, menor ainda, sob uma luz pálida no final do corredor. O caminho de descida tinha a aparência de um homem flutuando e se afastando de algo, ou entrando em algo. Era difícil dizer o seu significado.

Segurei um dos corrimãos e comecei a caminhar, mas parei ao ouvir o som de uma voz distante sussurrando das profundezas. Ela soava como se alguém estivesse em uma busca pelos longos corredores da minha mente, tentando me encontrar, mas falhando. Eu tirei uma foto do chão com o meu Gravador, então coloquei meus fones e toquei os sons do lago em meus ouvidos: água caindo, vozes, pássaros e o vento nas árvores. O sussurro desapareceu na floresta e eu caminhei, colocando o meu capuz escuro. A rampa ficava reta no fundo, onde uma imagem branca e preta de Kino pintada de um lado da porta de um elevador continuava a me encarar. Em uma das mãos ele segurava a pérola, pingando água ou sangue, eu não sabia dizer. Na outra, ele segurava uma canoa de pé, o topo da imagem cortada pelo topo do elevador. À direita da porta do elevador, vi um botão laranja brilhante com uma seta para baixo.

Estou mesmo fazendo isso? Eu me perguntei, meu dedo pairando sobre o botão redondo e aceso. *E se a porta abrir e for um poço de centenas de metros de profundidade? Eu poderia cair nele. Ou, pior, e se Rainsford estivesse dentro dele e me capturasse? E se ele me agarrasse e me puxasse para dentro de uma sala e enfiasse o elmo na minha cabeça? E aí?*

Desliguei o meu Gravador e percebi que o sussurro tinha parado. Silêncio mortal com a pintura de Kino, um homem grande com uma face pétrea, me encarando. Seu rosto não dizia nada, nem *Siga-me* nem *Dê meia-volta, seu idiota*. Era um olhar vazio, como se a decisão já tivesse sido tomada e não pudesse ser desfeita. Eu me forcei a apertar o botão.

Quando as portas se abriram, vi uma pequena janela quadrada bem no meio da parede de trás, um zero preto pintado na pedra atrás dela. Inclinei minha cabeça dentro de um elevador revestido de madeira e fiquei aliviado de encontrar um botão de SUBIR e um de DESCER.

Pelo menos ele segue nas duas direções. Se eu descer, poderei voltar.

Entrei nele, e as portas começaram a se mover dos dois lados, os sussurros começando novamente. Dessa vez foi mais difícil dizer ao meu dedo para tocar o botão do meu Gravador e preencher minha cabeça com sons. A voz era hipnótica, e eu sentia como se ela estivesse cavando. Ela estava tentando chegar dentro da minha cabeça.

Girei o *dial* até uma música que eu tinha baixado semanas atrás e tinha ouvido uma centena de vezes: "I wanna be adored", que acelerei até chegar nas guitarras e vocais ensurdecedores.

Quando olhei para cima, as portas do elevador tinham se fechado e eu estava em movimento. Apertei o botão SUBIR repetidas vezes sem efeito. Eu descia até o fundo, gostasse disso ou não.

A parte interna das portas do elevador eram pintadas também, mas Kino não estava nelas. Sua canoa repousava quebrada contra as pedras, partida em pedaços. Conforme o elevador se movia para as profundezas do Forte Éden, eu imaginei o quão fundo estava descendo. Quinze metros, trinta? A música terminou e eu a coloquei para tocar de novo antes de a viagem terminar e as portas começarem a se abrir vagarosamente. Eu as segurei abertas, mas não abandonei a segurança do elevador. Do lado de fora, o chão se inclinava para baixo, indo ainda mais fundo. Kino e sua canoa tinham desaparecido, substituídos por um chão de terra e pedras. Tinha cheiro de terra molhada, o cheiro de ser enterrado vivo.

A porta não agia como uma porta de elevador deveria, empurrando minha mão a cada poucos segundos como uma boca tentando fechar. Afastei minhas mãos e elas permaneceram abertas, esperando, ou assim parecia, até alguém apertar o botão SUBIR.

"Esses são os quartos", sussurrei, embora não pudesse ouvir minha voz sobre a música. Fora da minha cabeça, além do barulho, a voz sussurrante me puxaria para ainda mais fundo, até o elmo estar na minha cabeça e eu começar a gritar.

Não, obrigado, eu passo.

Eu me aventurei a colocar um pé sobre uma pedra plana do lado de fora, e depois outro, e, sem realmente pensar sobre isso, descobri que tinha saído do elevador e entrado no reino dos quartos.

"O de Ben", disse eu, me virando para a direita primeiro e depois para a esquerda. "E o de Kate."

Mantive a música tocando, mas também tirei fotos das paredes, das portas. No lado de Ben, um mural de insetos, como uma pichação gótica ou uma gravata estampada totalmente louca. Do lado de Kate, o mesmo estilo de arte, só que um redemoinho de bisturis, brocas e serras. Olhei dentro da sala azul de Ben, onde uma luz suave banhava a cadeira na qual ele tinha se sentado. Ao me inclinar para dentro da outra sala, vi as paredes roxas e a cadeira de barbeiro. O chão era plano nas salas, diferente daquele no corredor de pedra fortemente inclinado pelo qual passei, o que fazia o lugar todo parecer uma casa torta em um parque de diversões muito decadente. Não havia sinal de um elmo com fios em nenhuma sala. Foi como se eu tivesse sonhado com a existência dele desde o início.

Em cada uma das portas, um quadrado e um número estampado como eu tinha visto nas salas com o monitor da Dra. Stevens.

Porta do Ben: número 1.

Porta da Kate: número 2.

Além das duas salas, no final de um corredor curto, havia outra cortina preta e grossa. Eu a abri devagar e passei por ela. Mais duas salas, mais duas paredes, e outra cortina no final. Pelo que estava pintado nas paredes, eu sabia que as salas eram para Connor e Alex.

Tirei fotos das paredes misteriosamente pintadas e das portas marcadas com um 3 e um 4.

Não precisei avançar mais, já que havia mapeado o porão inteiro em minha mente: existiam seis salas, três de cada lado do corredor, separadas em pares por cortinas escuras levando cada vez mais para baixo. Mas continuei avançando de qualquer modo, atraído para as profundezas do Forte Éden pelo que parecia ser uma força pura e malévola.

Atrás da última cortina do corredor, encontrei uma parede à minha direita coberta com a pintura de um redemoinho de cogumelos gigantes e uma porta trancada pintada com o número 5. Tinha que ser a sala de Marisa, mas a imagem não fazia qualquer sentido. O pensamento de vê-la sentada ali com um elmo na cabeça me deixou com raiva, mas também me fez pensar: o que quer que acontecesse ali poderia realmente curar Marisa?

Por mais que o lugar fosse estranho, era meu dever tirar isso dela? Nada que eu soubesse sobre ela me levava a acreditar que cogumelos tinham algo a ver com o medo dela. Era um mistério que ameaçava me atrair ainda mais para perto, até que olhei para o outro lado do corredor e vi uma porta com o número 6. A parede estava totalmente branca, o que fazia sentido. Eu tinha sido ignorado ou esquecido. Eu não estava lá. Estava sozinho. Não havia nada que eles pudessem pintar na minha parede, porque ninguém me conhecia.

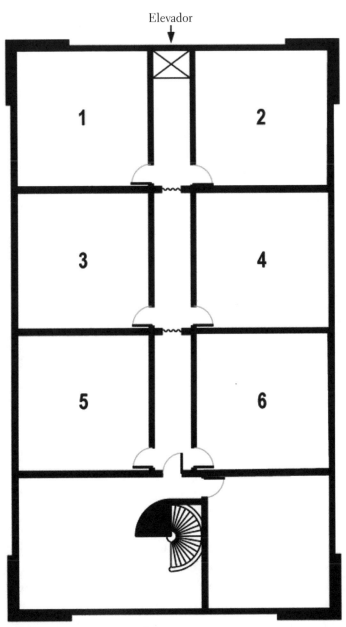

Forte Éden, andar do porão

Deve ser legal ser invisível. Nenhum trabalho doméstico, imaginei Keith me dizendo do batente da sala número 6. Por alguma razão, na minha visão mental, uma gota de sangue estava escorrendo do seu nariz.

Venha, você vai amar esse lugar. Eles têm várias Caixas da Morte.

Vá para casa, Keith! Eu não quero você aqui.

Sacudi as teias de aranha da minha cabeça e aumentei o volume da música.

Olhando para a porta, soube a verdade: a sala número 6 era a minha sala. Provavelmente ela estaria vazia do outro lado também, e era exatamente assim que eu planejava mantê-la.

Havia mais uma porta na parte final do longo corredor. A sétima porta, uma que abria em uma sala que ficava isolada no final de uma escada em espiral.

A sétima sala, a sala de Rainsford.

E a única sala que havia sobrado para Avery Varone.

Eu suava frio no momento em que desabei na cama do abrigo antiaéreo e finalmente desliguei a música. Minhas mãos tremiam, e minha respiração veio em ondas profundas como se, igual a Kino, eu tivesse ficado embaixo da água por um longo, longo tempo, procurando por algo de grande valor.

Decidi que essa tinha sido a noite mais assustadora de toda a minha vida. Não ser capaz de ouvir o mundo ao meu redor amplificou o terror umas dez vezes. Eu não poderia ouvir alguém vindo atrás de mim quando fiz minha jornada noturna de volta ao Bunker, e isso, mais do que todo o resto, tinha quase me paralisado de medo.

Olhando meu relógio pela primeira vez em mais de uma hora, fiquei surpreso de ver o quanto era tarde: 3h40. Mais algumas horas e o sol nasceria. A Sra. Goring voltaria com seu estúpido e barulhento carrinho de comida, e eu me assustaria mais uma vez. Eu não sabia o quanto mais poderia aguentar, e me prometi, ali mesmo, no abrigo antiaéreo, que iria escapar. Eu arrumaria um jeito de avisar a Marisa, um bilhete ou um sussurro quando ninguém estivesse por perto, e nós fugiríamos. Correríamos pela trilha até encontrar o carro de Davis estacionado na estrada desnivelada. Nem eu nem ela tínhamos carteira de motorista, mas nós passaríamos com o carro por cima do portão, saindo da mata, e voltaríamos para nossas vidas normais.

A Sra. Goring não virá aqui, eu disse a mim mesmo. Eu estava tão cansado que não conseguia manter os olhos abertos. Nem mesmo tinha acendido a luz do abrigo. Apenas encostei a porta, deixando-a quase fechada, e caí morto de sono na cama, olhando para o teto preto.

Vou programar o alarme do meu relógio. Tenho que fazer isso. Preciso fazer isso agora.

Mas não fiz.

═══════════

O que você precisa entender sobre um abrigo antiaéreo escondido no canto de um porão recoberto por cimento é o seguinte: ele é impressionantemente quieto. Eu só podia imaginar que a Sra. Goring, por alguma razão desconhecida, tinha deixado de alimentar os visitantes.

Ou talvez ela tivesse ido pelo outro lado e servido uma caixa de cereal frio e uma garrafa de leite, tarefa que não precisava de um carrinho. De qualquer maneira, eu tinha dormido por muito, muito tempo. Tanto tempo que, ao olhar o meu relógio, não soube dizer se era noite ou dia no mundo lá fora.

4h15. Pensei que tinha dormido só uma meia hora, mas então pisquei para acordar para valer e vi duas pequenas letras: PM.

"Oh não", eu tentei dizer, mas as palavras foram mais como um pensamento conforme elas se arrastavam pela minha garganta ressecada. Peguei uma garrafa de água e tomei uns seis ou sete goles, sentindo o espaço vazio na minha barriga.

Fome era pouco para o que eu estava sentindo, mas a ideia de comer mais uma barrinha Clif era tão depressiva que não consegui reunir forças para abrir mais uma.

"Eu preciso de comida. Comida *de verdade*."

Minha mente viajou até Kino em sua canoa conforme eu vasculhava caixas e latas nas prateleiras do porão. Eu podia vê-lo remando para o mar, deixando tudo para trás. Foi um pensamento pacífico, até a canoa ser esmagada em mil pedaços em minha mente, como tinha acontecido na história. Parecia que para Kino a pérola só trouxe infortúnios.

A Sra. Goring tinha preparado alguns enlatados, ou alguém tinha, e eu procurei em uma prateleira cheia de potes de pêssegos e picles.

"Ela não vai notar se eu pegar só um", eu disse, pegando um pote de pêssegos dourados e indo para o painel elétrico. Então agarrei a lancheira de metal com a outra mão e voltei para o abrigo antiaéreo. Cerca de um minuto depois eu estava de pé em frente ao monitor principal, os *headphones* gigantes na cabeça, pescando fatias de pêssego no pote.

Todos estavam na sala principal, até a Sra. Goring, e Davis havia retornado.

"Obrigado pelo frango", Connor dizia, lambendo os dedos. "Exatamente o que o médico recomendou."

"Eu já comi os jantares da Sra. Goring", disse Davis, aparentemente de brincadeira, mas também um pouco áspero. "É bom dar uma pausa."

Eu vi uma cesta do KFC na mesa redonda, onde todos estavam comendo frango frito. "Ninguém passa fome aqui", comentou a Sra. Goring. "Você, de todas as pessoas, já devia saber disso."

Eu não podia ver Marisa, o que me deixou chateado. Talvez ela estivesse do lado de fora, ou dormindo no quarto das garotas, onde eu não conseguia ver. Alternar pelos monitores não me rendeu nenhum sinal dela, e me preocupei quando Davis prosseguiu.

"Acho que vou dormir no quarto dos meninos essa noite, tem uma cama extra lá."

"Fique à vontade", disse a Sra. Goring. "Só fique fora do meu caminho e não arrume confusão. Você sabe como funciona."

"Sim, senhora."

"Ainda não encontrou o Will?", perguntou Avery. Ela estava sentada no sofá, próxima a Davis.

"Eu vou sair para procurá-lo de novo assim que esses caras começarem a se mexer. Ele tem que estar cansando de dormir lá fora. Fez bastante frio na noite passada."

"Vamos lá", disse Connor, esfregando o dorso de sua mão contra o rosto. Anos de heroísmo no campo provavelmente o ajudariam a resistir ao que quer que Rainsford fizesse com ele. "Estou pronto para resolver isso."

"Eu também", disse Alex, embora com menos vigor. Ter pontuação alta no placar de estilo provavelmente não ofereceria muito conforto na hora da cura.

"Vocês têm certeza de que querem ir ao mesmo tempo?", perguntou Ben Dugan. "Eu nem sei se isso é possível."

"Está liberado, não é, Sra. Goring?", perguntou Davis. Ele tinha sentado perto de Avery, o ombro de um praticamente tocando o do outro.

"O que Rainsford disser está bom. Como eu vou saber?"

"Talvez seja melhor esperar até descobrirmos a resposta", disse Avery.

"Você só não quer que chegue a sua vez; é disso que se trata", disse Kate. Ela tinha claramente desistido da batalha pela atenção de Davis e só queria incomodar a Avery.

"Eu já disse a você", Avery respondeu sem emoção. "Eu não vou, não posso ser curada."

E lá estava novamente a rebeldia de Avery Varone, como se o medo dela fosse pior do que o dos demais. Uma grande parte de mim queria dar razão a Kate. Sabendo o que eu sabia, era difícil imaginar uma situação pior do que a vivida por ela.

"Eu acho que a Avery tem razão", disse Davis, sem surpresas para ninguém. Ele e Avery estavam ficando mais próximos rapidamente. "É cedo ainda e, além disso, ele vai querer falar com vocês antes de partirem."

Ele olhou para Avery e disse algo que mal pude escutar.

"Mas você está errada. Você pode ser curada. Só precisa acreditar nisso."

"Não, eu não posso", ela respondeu, um sorriso melancólico em seu rosto, como se não importasse, de qualquer maneira, contanto que Davis estivesse por perto.

Kate pareceu revirar os olhos, mas ela estava bem longe da câmera, então eu não podia dizer ao certo. Ela estava vestindo uma camiseta como a de Ben, branca com algum tipo de emblema na frente – a letra *E*.

"O que diabos é aquilo?", eu disse em voz alta, escorrendo calda de pêssego pelo queixo e limpando com a manga do meu casaco de capuz. Os pêssegos estavam doces e melados, e pelo gosto parecia que a Sra. Goring também tinha jogado uma pitada de canela neles.

Davis tocou a mão de Avery e disse a todos que iria sair para me procurar até Rainsford retornar, o que me deixou nervoso. Seria só uma questão de tempo até ele começar a se perguntar: *Será que o garoto na verdade não entrou no Bunker da Sra. Goring?*

Eu tirci os *headphones* e voltei para o porão para encontrar um lugar para esconder meio pote de pêssegos. Acabei o enfiando atrás da lona, perto do painel elétrico, onde eu tinha certeza de que a Sra. Goring jamais o encontraria. Continuava faminto e, olhando as prateleiras de comida, encontrei uma fileira de biscoitos encaixotados. Uma caixa de biscoitos salgados já estava aberta, e eu tirei um pacote longo e fechado de dentro dela.

Duas pessoas tinham aparecido enquanto eu havia me afastado. Juntas, elas não podiam significar boa coisa. Marisa e Rainsford estavam de pé na sala principal em frente à porta do quarto das garotas.

"Eles estavam juntos", eu disse, e imaginei que ainda segurava o pote de vidro e que ele escorregava dos meus dedos e se espatifava no chão. Eu arremessei o pacote de biscoitos na cama e coloquei os *headphones*, na esperança de alguma pista que me dissesse onde estiveram e sobre o que conversaram. Eu não tinha como saber se Marisa tinha contado meu segredo, nem ter certeza de que Rainsford sabia alguma coisa sobre o meu paradeiro, mas a dúvida se infiltrou no abrigo. *Do que eles teriam falado que não sobre Will Besting?*

"Talvez ele tenha pegado o elevador", eu disse, querendo dar à Marisa o benefício da dúvida. Ele saiu da porta por onde eu tinha passado, onde existia uma pintura de Kino no chão, e todos estavam se reunindo em volta dele.

"Davis?"

A primeira palavra que escutei de Rainsford: *Davis*. Foi como se tivesse sentido sua ausência no segundo em que chegou na sala. Era uma pergunta: *onde você está, Davis?* Mas também havia um estranho tom de confusão em sua voz: *Onde Davis foi na minha ausência?* E mais um detalhe, ainda mais sutil na voz dele: uma acusação. *Eu disse para ele ficar aqui. Ele não deveria ter ido perambular por aí.*

"Ele está procurando Will Besting", disse Avery, apontando para a entrada principal. "Lá fora."

"Claro que está", Rainsford concordou, sorrindo como se tivesse simplesmente deixado o fato escapar de sua mente, mas tivesse se lembrado dele agora. Ele passou para assuntos mais prementes.

"Kate, como estão as dores de cabeça?", ele perguntou. "Melhores, eu espero." Eles estavam de pé em um círculo em torno dele, como se tivessem cinco anos de idade e ele fosse distribuir sacos de doce.

"Sim, me sinto muito melhor. Totalmente recuperada", disse Kate, mas isso obviamente era uma mentira, e a Sra. Goring a captou.

"Melhor coisa nenhuma", disse ela. "Fique quieta aí. Eu vou pegar outra aspirina."

Rainsford parecia mais inclinado a acreditar na resposta de Kate e não pareceu dar atenção a Sra. Goring além de um gesto afirmativo com a cabeça.

"Ben, estou vendo que você se recuperou", disse ele, tocando-o no ombro.

Eu ouvi a Sra. Goring rir fora da tela quando a porta do Forte Éden bateu, um "Ah!" agudo seguido de uma batida. E eu tinha que concordar. Ben estava fazendo que sim com a cabeça para Rainsford, mas as suas mãos contavam uma história diferente quando ele fechou e abriu os punhos, tentando vencer a rigidez de seus dedos.

"A Sra. Goring tem sido minha ajudante por muitos e muitos anos", disse Rainsford, indicando a porta da frente, por onde ela tinha saído. "Ela não é tão má quanto quer que vocês acreditem. Na verdade, se um de vocês estivesse se afogando no lago, ela seria a primeira a mergulhar atrás. Podem perguntar a Davis."

"Sério?", Avery perguntou, tentando calcular com exatidão o que o comentário significava.

"Sério", Rainsford concluiu, e avançou três ou quatro passos, voltando-se para encará-los como se fossem um. "É incomum que duas pessoas sejam curadas de uma vez, mas não é totalmente inédito. Às vezes é reconfortante ter um amigo."

"Não é isso", disse Connor, desafiador. "Eu só não quero ter que esperar mais e nem ele."

"Isso é verdade, Alex?"

Alex confirmou com um sonoro sim, mas acho que, se tivesse a chance de ser sincero, ele teria concordado mais com Rainsford. Alex Chow não queria ir sozinho, o que quer que ir sozinho significasse.

Todos se espalharam, exceto Rainsford e os dois rapazes. Os três estavam próximos e de pé em círculo quando Rainsford disse algo que não pude ouvir. Isso durou um minuto ou mais, e então Rainsford, Alex e Connor foram embora pela porta. Do outro lado, eles encontrariam a cortina preta, e então Kino os guiaria para o elevador. Aparentemente, Alex e Connor não tiveram qualquer interesse em falar primeiro com a Dra. Stevens, ou já tinham feito isso no começo do dia. Eu pensei sobre isso e voltei os monitores para o quarto dos garotos.

"Como eu tinha deixado isso passar?", falei, pois algo tinha mudado. Ambos estiveram lá, com certeza, porque o 3 e o 4 na parede de trás tinham sido pintados por cima. O 3 tinha sido coberto com a cor verde e o 4, com a cor laranja.

"Então Alex é verde e Connor, laranja", eu disse, comendo uma pilha de três biscoitos e bebendo água em seguida. Eu estranhamente senti como se estivesse em um cinema, comendo um lanche enquanto esperava o filme começar. Talvez porque eu tivesse ficado cínico no abrigo antiaéreo, ou possivelmente porque realmente não conhecia Connor ou Alex. Qualquer que fosse a causa, eu não sentia pena desses caras. Se eu estava sentindo algo, era uma sensação inapropriada de deslumbramento. *O que será que vai acontecer? O quão ruim a cura será para eles?*

Imaginei Keith nesse quarto, derrubando os outros participantes em uma arena virtual, corpos por todo lado.

Agora você está falando a minha língua!

Você sabe, Keith, isso provavelmente não faz bem ao seu cérebro.

Claro que faz! Olhe como eu estou me divertindo!

Continuei esperando no abrigo antiaéreo, desejando que Keith estivesse lá comigo. Ele estaria bastante interessado, o que faria tudo parecer bem.
Esses caras vão fritar, o suspense está me matando!
Eu sei! Ei, Keith, eu aposto que dessa vez terá cães.
Cães?
Sim, e cães cruéis. E aposto que eles serão enormes.
Maneiro. Me passa alguns desses biscoitos, mano.

A tela central tinha assumido uma qualidade quase fantasmagórica enquanto eu esperava. Todos pareciam ter ficado completamente entorpecidos, sentados como se estivessem rezando ou tivessem caído no sono. Marisa tinha desaparecido de novo. Eu sabia que ela estava ficando acordada até tarde um bocado, com muito medo de dormir à noite. Provavelmente ela estava dormindo, mas me chateava não vê-la entre os outros.

Peguei o meu Gravador e abri as fotos que tirei esta manhã, mais cedo, as que tinham a ver com Connor e Alex. Uma olhada rápida na porta primeiro, então fui direto para as fotos longas e estreitas das paredes com suas pinturas bizarras. A parede de Alex Chow estava coberta com cães selvagens horrendos, seus olhos arregalados e raivosos. Os cães vinham em ondas se batendo uns contra os outros, procurando por algo para enfiar seus dentes. A outra parede, a de Connor, era do mesmo estilo, mas pintada como uma tirinha de HQ. Quatro painéis, todos da mesma imagem: construções, entrelaçadas de um jeito mórbido como corda embolada, retorcendo-se como se descessem por um ralo invisível centenas de metros abaixo. No primeiro painel, a silhueta de um corpo caindo pelo centro da cena e, em cada painel seguinte, o corpo ia ficando cada vez menor. Os painéis fizeram eu me sentir tonto, e me virei, verificando o meu relógio. 17h. A hora das bruxas, pelo visto, porque dois monitores começaram a brilhar. Eram monitores que não tinham ligado antes, então eu sabia que pertenciam a Connor Bloom e Alex Chow.

Uma curiosidade doentia passou por mim e olhei de um lado para outro revezando entre as telas, como se projetassem *reality shows* que tinham dado muito errado.

Alex passou pela entrada e parou de se mexer, seus olhos negros arregalados de surpresa. Se eu não soubesse o que acontecia, diria que alguém tinha passado pregos pelas mangas de sua camisa e pernas da calça. Ele estava praticamente pregado na parede com medo, olhando para o outro lado da sala verde, com duas casas de cachorro apodrecidas próximas uma da outra. Elas eram enormes, suas entradas negras encarando Alex como os olhos vazios de um monstro prestes a acordar e acabar com o mundo. O elmo repousava sobre o piso de pedra da sala, na metade do caminho entre as casas de cachorro e Alex Chow, seu emaranhado de fios e tubos flutuando até o teto.

Minha atenção se voltou para o outro monitor, onde as coisas não estavam indo muito melhor para Connor Bloom.

Algumas pessoas provavelmente achariam divertido assistir a um jovem atleta cheio de si ser um pouco humilhado. Mas não havia nada de divertido em assistir a Connor Bloom pisar na sala laranja e desabar no chão. Eu achei que desfrutaria de um pequeno momento de superioridade – *Ei, garotão do campus, bem-vindo ao meu mundo. É assim que você faz as pessoas se sentirem quando implica com elas. Como a vida está te tratando agora, hein?* – mas não aconteceu nada disso, nem mesmo um vislumbre de satisfação. Se esse lugar podia levar Connor Bloom ao chão tão rápido, eu me perguntei o que ele poderia fazer comigo se Rainsford descobrisse onde eu me escondia.

O que deixou Connor de joelhos era uma escada, uma do tipo que abre e fica de pé por si só, como um V de cabeça para baixo. Ela estava no meio da sala laranja, salpicada com tinta da mesma cor, e no topo repousava o elmo. Ele teria que escalar seis degraus para chegar no alto, onde, supus, ele precisaria sentar e colocar o elmo.

Desse ponto em diante, meus olhos se alternaram entre os dois monitores, conforme eles piscavam e tremeluziam com vida. Não tardou e tanto Connor quanto Alex reuniram coragem o suficiente para fazerem suas jornadas individuais até os elmos, ajudados, sem dúvida nenhuma, pela voz sussurrante que eu tinha bloqueado em minha visita ao subterrâneo do Forte Éden.

Assisti a como Connor e Alex resistiram ao enfrentar os pesadelos, revezando-se em uma jornada à loucura.

Connor, eu sabia, tinha tanto medo de altura que havia começado a ter problema mesmo com as tarefas mais básicas, como subir um lance de escadas na escola ou uma arquibancada em um jogo de futebol.

As telas piscavam loucamente, indo e vindo entre a sala laranja e a cena dentro do elmo. Na própria tela, apareceram as palavras e a linha de mercúrio laranja.

Connor Bloom, 15
Medo agudo: queda

Os antebraços musculosos de Connor Bloom estavam rígidos e flexionados conforme ele se segurava aos degraus da escada. Quando a tela mudou para o que ele via, eu pude entender o motivo. Ele ainda estava na escada, olhando para o seu próprio pé, mas o chão da sala tinha começado a despencar. Os quatro pés da escada se apoiavam precariamente no que havia restado do chão, uma pedra de um metro quadrado. Fora do elmo, um cabo com um gancho tinha caído do teto, e Connor tentou alcançá-lo desesperadamente. Um momento depois, ele estava preso à parte de trás de seu cinto de couro. Ele pareceu se acalmar um pouco, olhando para cima e vendo o cabo preso ao teto junto com todos os fios e tubos do elmo. A cena voltou para o que se passava dentro do elmo. Nele, o chão em torno da escada continuava a despencar devagar, agora mais de cinco metros para baixo na escuridão.

Eu me identifiquei com o medo de Alex Chow quando voltei minha atenção para o seu monitor, porque eu já havia sido cercado por dois cães malucos na fazenda do meu avô, no nordeste da Califórnia. Lembro-me de pensar que eles me destroçariam antes que eu pudesse escalar a cerca de metal onde eles tinham me encurralado e fugir.

Alex Chow, 15
Medo agudo: cães

A linha verde apareceu na borda da tela, e, de modo surpreendente, já estava na metade do caminho da linha de chegada. Alex mal tinha colocado o elmo na cabeça e já estava se encaminhando de volta para casa. Pedaços e fragmentos de sessões que eu tinha escutado flutuaram em minha mente enquanto eu assistia a Alex. Suas costas estavam contra a parede novamente, tão longe das casas de cachorro quanto ele poderia ficar sem precisar fugir da sala.

Você devia deixar a sua família comprar um cachorro para você, Alex. Isso ajudaria.
Não iria não.
Claro que iria. Você teve uma experiência ruim muito tempo atrás. Nem todos os cães são como aquele.
Não pode ser um gato? Poderíamos começar assim? Quem sabe um hamster?
Um hamster não irá curar você, Alex.
Então eu não quero ser curado.

A palavra parecia tão inofensiva na tela. *Cães*. Eu imaginei ou torci que um *Poodle toy* e um Chihuahua saíssem das casas de cachorro e dessem uma mordidinha nos pés de Alex, mas isso, é claro, não aconteceu. Esses não eram cães pequenos. Eles não eram amigáveis, zelosos ou domesticáveis.

Primeiro vi seus focinhos, acompanhados por uma sinfonia sinistra de rosnados. Quando suas cabeças emergiram juntas, eu realmente senti pena de Alex Chow. Eles eram animais enormes, saliva pingando de suas bocas, seus corpos cobertos com pelos emaranhados. Quando começaram a rosnar e ameaçar, o monitor mudou para Alex, que estava arranhando a porta fechada para tentar escapar do quarto verde. Um segundo depois, a cena voltou para os cães, que estavam se aproximando, cercando Alex, dentes expostos. Eles atacaram juntos, um salto louco e o som do mundo sendo destroçado.

E assim foi para Alex Chow. A linha verde já estava no topo. Ele foi inundado por medo, os fios dançando sobre a sua cabeça. Depois disso, ele se deitou, encolhido no quarto, e os cães sumiram.

Somente a cena de Connor permaneceu, e quando cheguei perto ela estava prestes a ganhar velocidade. De repente, o chão não estava apenas desabando lentamente dentro do elmo, ele estava despencando depressa. Isso criava o efeito enervante como se Connor Bloom flutuasse no ar ao mesmo tempo, em que a distância entre a escada e o chão da sala aumentava. Considerando o quão assustador eu sabia que isso devia ter sido para Connor, fiquei surpreso ao ver que a linha laranja estava apenas a um quarto do caminho na lateral da tela.

Esse cara é durão. Talvez a sala não possa vencê-lo.

Eu já devia imaginar que não era bem assim. O chão explodiu de volta para onde estava, com um rangido de rochas e metal. O chão havia mudado enquanto esteve distante e agora possuía garras e ganchos que alcançavam o meio da sala. O chão permaneceu ali só por um instante, apenas o suficiente para Connor dar uma boa olhada em como seria se ele caísse, e então despencou novamente. Dessa vez, um dos quatro pés da escada foi deixado sem apoio firme e, dentro do elmo, o mundo começou a tremer.

Como se isso não fosse munição suficiente para assustar alguém com medo de cair, o cabo que antes estava preso ao teto se soltou, balançando inútil no cinto de Connor. Dentro do mundo do elmo, Connor Bloom devia estar pensando: *Não estou mais conectado a nada. Sou só eu e uma escada de três apoios agora.*

A cena mudou para o quarto laranja, onde a linha laranja tinha chegado ao ponto intermediário. Nada tinha mudado, e entendi mais uma vez que a vida dentro do elmo era muito diferente da vida fora dele. O que Connor via era uma realidade alterada, apresentada por um louco disposto a empurrar um medo irracional despenhadeiro abaixo. O quarto era o mesmo, simplesmente. O cabo continuava preso ao teto, e a escada repousava firmemente no chão de concreto, mas não tinha como Connor saber disso. A linha laranja estava se movendo rapidamente agora, aproximando-se do topo. Assim que meu monitor voltou à cena do elmo, Connor Bloom perdeu o equilíbrio. A escada tombou, e a linha laranja chegou ao fim. Ele estava caindo.

O poder de uma cura dupla me deixou nervoso e desnorteado, uma adrenalina doentia percorrendo as minhas veias. Mas só no derradeiro encerramento finalmente me forcei a parar de olhar para os monitores. O quarto laranja de Connor Bloom estava de volta. A escada estava caída no chão como um animal morto. Connor tinha caído, mas o cabo preso ao seu cinto o tinha segurado. Seus braços e pernas estavam estendidos no ar, como se ele estivesse preso por muitos fios. Além disso, o elmo continuava em sua cabeça. Todos aqueles fios, tubos e o cabo, algo sobre vê-lo pendurado de um jeito tão rígido, como se o *rigor mortis* já estivesse acontecendo, me fez tirar os *headphones* da cabeça e ofegar em busca de ar.

Eu fechei meus olhos, mas a imagem permaneceu.

Quando finalmente olhei de volta para a parede, Connor Bloom e Alex Chow tinham partido.

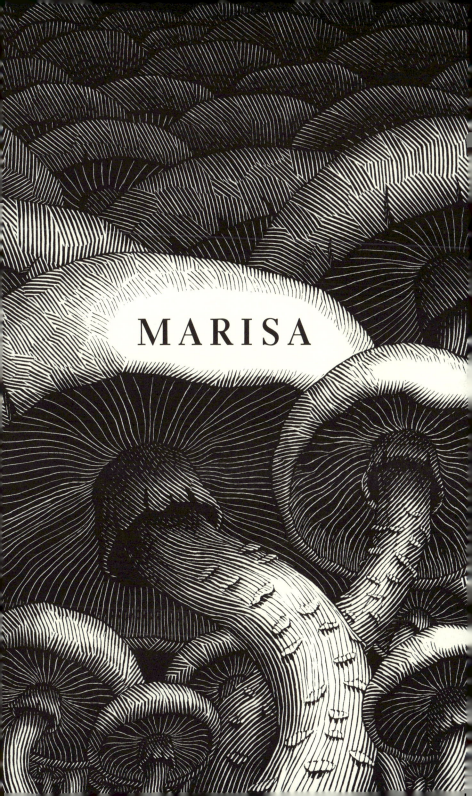

Uma hora após Connor Bloom e Alex Chow serem curados, a Sra. Goring manobrou o carrinho de metal pela rampa e eu apaguei as luzes assim que ela abriu a porta do porão. Ela estava de péssimo humor.

"Maldito lugar, malditas crianças estúpidas!", ela gritou. Tive a sensação de que ela via o porão, de vez em quando, como um lugar onde podia expressar em paz suas frustrações mais profundas. Um lugar onde ela podia gritar sem ninguém ouvi-la.

Ela bateu sonoramente o carrinho em uma das prateleiras de metal, derrubando latas no chão. Uma delas quicou, e então rolou na minha direção. Não tinha nada que eu pudesse fazer além de permanecer na quina escura do abrigo antiaéreo e torcer para que ela não sentisse vontade de pegar a lata. Ela pegou todas as latas menos aquela que tinha rolado por todo o caminho até a porta do abrigo. A Sra. Goring estava murmurando meias palavras raivosas enquanto colocava cada lata de volta na prateleira. Eu tinha limpado o quarto e colocado minhas coisas na mochila, e conhecia o quarto bem o suficiente para me mover só com o fiapo de luz que escapava do porão.

Ajoelhei-me, deslizando em silêncio pelo concreto liso para debaixo da cama, até ficar o mais afastado possível da parede. Estiquei a minha mão e agarrei a minha mochila, puxando-a para mim. Ela estava estufada no meio com as barrinhas de cereal, garrafas de água e roupas que eu tinha enfiado lá dentro, por isso ficou presa na armação de metal da cama. A roda quebrada do carrinho da Sra. Goring começou a balançar em direção à porta do abrigo antiaéreo. Ela estava se movendo como uma mulher doida em uma mercearia, atropelando o que quer que estivesse em seu caminho. Ela bateu o carrinho na parede exterior à porta, e isso fez as rodinhas se soltarem.

"Oh, tenha paciência", falou, após derrubar o carrinho vazio de lado. Eu empurrei as molas velhas para cima e suspendi a borda da cama uns centímetros, deslizando minha mochila para baixo dela junto comigo, sem fazer barulho.

Eu tinha bastante certeza de que ela conseguiria me ver me escondendo se as luzes fossem ligadas, mas não havia outro lugar para ir. Tudo o que eu podia fazer era ficar parado e torcer para que ela não enfiasse o carrinho na cama velha e instável.

Estava quieto no porão, quieto demais, e comecei a me sentir claustrofóbico. Se a Sra. Goring me encontrasse, eu certamente não queria estar preso. Precisava estar de pé para poder derrubá-la no chão e correr para a saída. Comecei a escorregar para fora do esconderijo embaixo da cama, mas a porta do abrigo se moveu e eu congelei no lugar. A luz do porão ficou mais forte, e a Sra. Goring entrou no abrigo antiaéreo. Eu vi suas botas de couro gasto com contornos de sola de borracha preta. Ela estava olhando para a parede de monitores.

Eu a imaginei de pé com uma lata de milho em cada mão, preparada para usá-las como armas se fosse necessário. Mas então eu a ouvi clicando nos botões na parede, procurando por imagens. Não havia nada. O sistema tinha desligado e não tinha voltado após Connor e Alex serem curados, e isso a irritou.

"Eu odeio esse lugar", disse ela, e então ouvi o som de algo quebrando que me fez tremer embaixo das molas. Um objeto pesado acertou o chão de concreto, quicando de lado na direção da porta do abrigo. Quando ele acertou o chão novamente, eu o vi por um instante – a lata pesada que ela tinha pegado – e então ela estava voando e saindo do meu campo de visão. Ela quicou mais uma vez e rolou na minha direção. A lata não parou até repousar colada no meu quadril.

"Me sinto muito melhor", disse ela. Parecia estar de fato encarando a parede de monitores, observando os resultados de suas ações, e eu arrisquei empurrar a lata, de modo que ela rolasse de volta para a parte exposta do quarto. Um segundo se passou, talvez dois, e então suas botas enormes estavam na lata, chutando-a pela porta para fora do porão. Ela seguiu atrás, pegou o carrinho e voltou para o que quer que estivesse fazendo.

A porta do abrigo antiaéreo balançou amplamente aberta, e pude ver a sombra da Sra. Goring no chão lá fora, coletando suprimentos para algo horrível que ela pretendia cozinhar para o jantar. Coloquei a cabeça para fora da cama e olhei para a parede: o monitor de Ben Dugan, que ficava no topo, estava preenchido por rachaduras no vidro que lembravam uma teia de aranha. Ela havia jogado a lata direto na parede, quebrando uma das sete telas.

Eu tinha descoberto que a Sra. Goring tinha o hábito de deixar a porta do porão aberta quando planejava voltar a descer. Foi o que aconteceu quando ela apagou a luz e eu a ouvi saindo de lá.

Eu tenho que sair daqui ou ficarei maluco, pensei, deslizando para fora do esconderijo e jogando minha mochila nas costas. Reuni a coragem que tinha, o que não pareceu suficiente, e caminhei pelo porão. Na base da rampa que levava ao Bunker, hesitei, ouvindo seus potes e panelas batendo na cozinha. Mas estava determinado a me libertar e coloquei um pé em frente ao outro até, por um milagre, chegar ao topo da rampa. Quando me aproximei da quina, algo começou a ferver, e ouvi o som da Sra. Goring zumbindo com rispidez, e depois o som dela cuspindo.

Tão grosseiro, tão nojento, pensei, feliz de não fazer parte do plano de refeições do Forte Éden.

Eu estava perdendo o controle, me preparando para voltar pela rampa para o abrigo e esperar outra noite, quando alguém bateu à porta da Sra. Goring.

"Estou cozinhando!", ela gritou. "Vá embora!"

As batidas persistiram, e ela marchou para fora da cozinha. Minha chance tinha chegado e eu me movi rapidamente, passei pelo pote com água fervendo, que parecia não ter nada dentro, e segui para o corredor que levava à porta da frente.

"O que *você* quer?", disse a Sra. Goring.

"Eles me enviaram em uma missão de encontrar o jantar. Estão todos famintos."

Pela voz, percebi que era Kate Hollander. Estava escuro no corredor, e arrisquei me arrastar da cozinha para a sala de estar, dois passos rápidos e eu estava seguro no canto.

"Fale para os seus amigos idiotas serem pacientes", disse a Sra. Goring. "Rainsford quer o jantar às oito em ponto, com todo mundo. Aceite esse fato."

"Mas isso é daqui a duas horas", Kate reclamou. Ela começou a pedir por um lanche para acalmá-los, e a Sra. Goring bateu a porta na cara dela.

Acredite em mim, Kate, você não quer o que ela está servindo, pensei.

A Sra. Goring voltou rapidinho para o forno, começou a resmungar e então se dirigiu para o porão em busca de algo de que ela precisava.

Quando ela voltou para a cozinha, eu já estava do lado de fora da porta, passando pela clareira e entrando na floresta. Eu tinha tomado uma decisão após assistir à cura de Connor Bloom e Alex Chow, e estava determinado a ir até o fim. Eu precisava de respostas, e só conseguia pensar em uma pessoa que poderia ser capaz de me ajudar a encontrá-las. Ao seguir meu caminho rumo ao lago, um pensamento se destacava em minha mente.

Eu vou encontrar o Davis antes que ele me encontre.

───────

"Três noites lá fora. Impressionante."

Davis estava sentado no deque quando cheguei ao lago. Ele estava olhando por sobre a água, a chave inglesa repousando aos seus pés.

"Bem, sim", eu disse, ficando para trás o suficiente para que pudesse correr e sair dali, se necessário. Apesar de que, na boa, quem eu estava enganando? Davis era musculoso como um jogador de futebol americano. Ele me pegaria, não importa o quanto eu tivesse de dianteira.

"Eu não contarei a ninguém que encontrei você", disse Davis. Suas costas estavam viradas para mim, e ele continuava a encarar a água, esperando que eu me aproximasse.

"Você não me encontrou", falei. "Eu encontrei você."

"É verdade", disse ele, e então olhou sobre o ombro e sorriu amistosamente. "Eu estava ficando sem ideias. Você é muito bom em se esconder, Will Besting."

"Você não faz ideia", repliquei, pensando em todas as vezes que desapareci em casa ou em um *shopping* ou na escola anos atrás. Eu tinha que admitir: era mesmo muito bom em me esconder.

"A Dra. Stevens está preocupada com você", disse Davis. "O Rainsford também."

"E os outros? Imagino que não se importem muito."

"Eles já têm os próprios problemas para se preocuparem", ele respondeu. "Você sabe como funciona: o mundo gira em torno do seu umbigo e de mais ninguém quando você tem quinze anos."

Eu pensei no fato de Davis ter apenas dezessete e que ele não tinha idade suficiente para dizer tais coisas, mas deixei passar.

"O que está acontecendo lá dentro?", preferi perguntar. Ele tinha que imaginar que eu não sabia de nada. "As pessoas estão melhorando. Você poderia melhorar também. Tudo o que precisa fazer é atravessar a porta."

Eu estava surpreso de ver que tinha chegado terrivelmente perto, a poucos metros da própria doca. A grama gelada se emaranhava sob meus sapatos, e ouvi os corvos se movendo no ar, um frio de início de outono se instalando na lagoa.

"Como eles estão sendo curados?", perguntei, querendo confiar nele e torcendo para ele ser honesto comigo.

Ele voltou a olhar para o lago, contemplando algo quando o sol começou a descer abaixo da linha das árvores do outro lado da água.

"Bem que eu queria poder contar para você", disse ele. "Mas a mais pura verdade é que eu não faço ideia. Quando eu estive aqui há algum tempo, havia o mesmo número de pacientes. Então deve ter algo a ver com reunir o número certo de pessoas, ajudando umas às outras. E eu me lembro da primeira vez que vi Rainsford. Pensava que ele era velho e que não deveria servir para muita coisa. *Esse cara mal consegue subir os degraus, como ele vai me salvar?* Pensei. Eu me lembro de que, após conhecê-lo, comecei a me sentir, sei lá, mais solto eu acho, como se não estivesse tão travado, sabe?"

Sim, eu pensei, porque ele estava controlando a sua mente.

"Da cura em si eu não guardo nenhuma memória", ele prosseguiu, dando uma profunda inspirada e liberando o ar, como se estivesse aproveitando tanto a visão do lago que mal podia se aguentar.

"Eu desci por um elevador, disso eu me lembro, mas o restante sumiu totalmente. Tudo o que sei é que posso pular nesse lago e nadar o quanto quiser."

"O jeito como as coisas são feitas me parece desonesto", falei. "Como se fosse um truque ou coisa pior."

"Eu entendo seu ponto de vista, de verdade", disse Davis, levantando-se e dando um passo na minha direção, o que me fez dar um passo para trás na escuridão da floresta. "Olha, Will, as coisas são do jeito que são. É uma cura *real*. Nesse caso, com o modo que Rainsford opera, tem que ser suficiente."

"Mas e se não for?"

Davis olhou para mim com simpatia, e percebi que estávamos mantendo uma conversa razoavelmente normal. Eu não o conhecia, mas tinha sido capaz de conversar sem perder o controle. Isso não era cem por cento surpreendente, mas ele era mais velho e melhor do que eu de formas que eu nunca seria, o que me irritava no geral. Como Connor Bloom, o Sr. Garotão do Campus, Davis tinha aquele jeitão: o tipo de pessoa que juntaria forças com seus comparsas e me enfiaria em um armário.

"O que eu sei é o seguinte", ele falou, agachando-se e mexendo na grama macia. "Desde que eu voltei, a coisa toda não parece nem um pouco estranha. Me diga só uma coisa – você está seguro aqui fora? Você será capaz de durar mais um dia ou dois se isso demorar? Porque, se não for, eu tenho que levá-lo para dentro. Eu não conseguiria viver comigo mesmo se você se machucar."

Eu pensei no que ele disse e senti o frio começar a arrepiar meu rosto.

"Me dê a sua palavra de que não dirá nada e eu conto para você onde estou me escondendo." Davis se levantou e esticou a sua mão. Existia um intervalo enorme de três ou quatro passos entre nós, mas ele não se moveu. Ele não ia se aproximar e me assustar. Eu devo ter parecido um gato selvagem, me aproximando devagar e me inclinando para esticar a mão.

"Eu nem sei se você deveria entrar lá", disse Davis. "Funciona, mas sem dúvida nenhuma é estranho."

Ele me cumprimentou e prometeu que não contaria, e sorriu como se fosse meu irmão mais velho. Era *tão* difícil não confiar nesse cara. Ele tinha passado pelo programa e, mais do que isso, parecia entender como eu me sentia.

Eu estava chegando ao fim da linha e, sentindo profundo desespero, baixei a guarda.

"Tenho me escondido no porão do Bunker da Sra. Goring", deixei escapar.

"Fala sério", ele respondeu, e nós dois rimos, ele primeiro, depois eu me juntando a ele, de nervoso. "Você não poderia me pagar dinheiro suficiente para eu me enfiar lá. Sério, impressionante."

"Me faz um favor?", eu perguntei.

"O que você precisar."

"Bata à porta da frente quinze para as oito, se ofereça para ajudar a carregar o jantar pela clareira."

"Para você poder voltar para dentro?", ele perguntou.

"Isso mesmo."

Ele assentiu com a cabeça e riu novamente. Depois perguntou se eu precisava de mais alguma coisa.

Ele não tinha ideia do que existia lá embaixo, nenhuma pista de que eu tinha assistido às pessoas sendo curadas. Tive um lampejo de pensamento, imaginando Davis com o elmo na cabeça, imagens dele caindo pelo gelo de um lago congelado. Não podia dizer a ele o que sabia, mas podia pelo menos pedir um favor antes que nos separássemos.

"Você poderia falar com Marisa por mim, contar a ela que estou bem aqui fora?" Ele soube na mesma hora que eu gostava dela, mas não deu grande atenção ao fato.

"Vou falar para todo mundo que você está bem, só não está pronto para entrar. Vai ser difícil convencer o Rainsford, mas sem problemas. Contanto que ele saiba que você não morreu nem está machucado, acho que ficará tudo bem."

O vento se agitou entre as árvores, e nós dois olhamos para o lago que tremia.

"Você acha que ela pode ser curada?", perguntei. Havia uma parte de mim que queria isso para ela, não importava o quanto a cura fosse terrível.

"Acho que sim", ele respondeu. "Mas, se você quiser, eu posso dizer a ela que você não quer que ela passe por isso."

"Sério?"

"Claro, mas não acho que ela dará ouvidos a você. As pessoas em volta dela estão sendo curadas. Ela quer o mesmo."

"Sim, imagino que você esteja certo."

"Uma última tentativa: tem certeza de que não quer entrar? Essa oportunidade pode não se repetir."

"Tenho certeza", eu disse, e tinha mesmo. Nada poderia me fazer descer aquele corredor e passar pela porta de número 6. Eles não podiam me obrigar a isso.

"Tudo bem então, vamos devolvê-lo ao porão da Sra. Goring."

Nós caminhamos juntos pela trilha e nos separamos assim que nos aproximamos do Forte Éden. Vinte minutos depois, ele batia à porta da Sra. Goring e ela gritava com ele, mas ele certamente era um cara persuasivo. Logo eles estavam carregando a comida em caixas de papelão, e eu, passando pela clareira ao crepúsculo.

Quando voltei para o abrigo antiaéreo, já passava das 20h e, com saudade de Marisa, comecei a ter pensamentos pouco razoáveis.

Talvez eu devesse desistir. Eu poderia estar lá para apoiá-la. Ela gostaria disso.

Mas eu não podia fazer isso. Tinha medo do que aconteceria comigo. E, mais do que isso, medo de estar na sala no andar de cima com todas essas pessoas.

Eu estava sozinho, e assim as coisas continuariam.

Lá pelas 23h, eu estava convencido de que a Sra. Goring tinha quebrado todo o sistema ao tacar a latinha de beterraba na parede (eu encontrei a lata em questão, amassada e sozinha no chão do porão). A bolha de vidro no monitor de Ben Dugan não se rompeu e caiu pelo abrigo. Ela permaneceu como um para-brisa quebrado, então tirei meus sapatos sem medo de pisar em um caco de vidro.

Fiquei tão frustrado com o vazio diante de mim que chutei o pé estreito da cama e consegui dar uma topada com meu dedo médio. Já tinha me machucado antes tentando infligir uma punição a objetos inanimados. Esse era um *hobby* meu, eu acho.

Sentei na cama, esfregando o meu dedão, e pensei no cortador de grama em nossa garagem, que às vezes demorava uma eternidade para ligar. O cortador era um alvo comum da minha ira, mas ele retribuía na mesma medida, com arranhões e contusões. Seu silêncio metálico só me deixava com mais raiva. Berzerk, com seus robôs 2D ameaçadores, também podia ser particularmente frustrante. Pelo menos com o Atari eu podia tacar o controle ou bater o punho no console quando eu era massacrado na tela, duas coisas que eu fazia o tempo inteiro.

Eu estava sentado na cama, pensando no cortador de grama, no Atari e no meu dedão machucado, quando o monitor principal estalou e ligou. Assim que isso aconteceu, uma linha de fumaça escapou devagar pelas rachaduras do monitor de Ben Dugan, subindo pela parede branca.

"Isso não pode ser bom", eu disse em voz alta, posicionando os fones gigantes de macaco sobre as minhas orelhas. Eu comecci a chamá-los assim na esperança de que isso pudesse me divertir, mas não deu certo.

A coluna de fumaça se tornou uma linha fina e desapareceu, mas não tinha como confundir o cheiro: plástico queimado. Tinha um curto-circuito atrás do monitor de Ben, ameaçando pegar fogo e cozinhar o sistema inteiro. Eu não pude deixar de pensar que um abrigo antiaéreo era suposto de ser o lugar mais seguro do planeta quando, na verdade, um incêndio no porão poderia, muito provavelmente, me matar com eficiência implacável.

Pelo menos no momento, a fumaça tinha desaparecido e o cheiro, evaporado no ar. Olhando para a tela principal no centro da parede, vi Rainsford sentado à mesa, onde pude identificar o seu perfil. Ele tinha pelo menos setenta anos, com rugas profundas na testa e um cabelo cinza que formava um V no topo de sua testa. Parecia que ele estava jogando uma partida de gamão com Alex Chow enquanto os outros meninos assistiam. Suas palavras estavam fracas, tão longe da câmera, e todos os três tinham o mesmo tipo de camiseta: branca com a letra *E*. Toda essa ideia de camiseta de acampamento soava piegas e desnecessário, mas, apesar disso, eu estava morto de vontade de ter uma.

"Qual é a regra disso mesmo?", perguntou Connor, olhando fixamente para o tabuleiro com um ar confuso.

"Tudo bem de dividir o número, mas ele não pode vir para cá ou para cá", disse Rainsford, apontando para vários lugares no tabuleiro que eu não conseguia ver.

"Droga", disse Alex, sacudindo suas pernas no espaço embaixo da mesa redonda.

"Cara, seus pés continuam com problema", disse Connor.

"É só um, ele continua a ficar dormente", disse Alex. "São as alfinetadas que realmente me incomodam."

"Dê um dia ou dois", disse Rainsford, um tom de voz suave, mas que transmitia autoridade, com o qual eu tinha me acostumado. "Você estará melhor do que nunca."

Connor vacilou um pouco na mesa, como se estivesse bêbado, e eu me perguntei se tinham dado sedativo a ele para acalmá-lo após a cura. Ele começou a se levantar, mas Rainsford tocou a sua mão.

"Melhor ficar aqui um pouco mais, e depois ir cedo para a cama."

"Essa é uma boa ideia", Connor concordou, voltando a se sentar pesadamente em sua cadeira. "Acho que vou assistir a você derrotar o Alex."

Ben estava escrevendo uma carta, mas parou, sacudindo a sua mão como se escrever exigisse um enorme esforço de seus dedos.

Todos que foram curados voltam com um problema de saúde, pensei.

Eles parecem ser pequenas coisas: Kate tem as dores de cabeça, e esses caras estão com problemas nas mãos e nos pés e com vertigem. É estranho mas, sabendo do que eles passaram, são efeitos colaterais razoáveis. Talvez seja como na quimioterapia, quando o cabelo do paciente cai.

Eventualmente ele cresce novamente. Mais cedo ou mais tarde, esses garotos deixarão de ter probleminhas esquisitos.

As três garotas vieram de seus quartos juntas, e Rainsford entortou o pescoço para vê-las à medida que se sentavam no sofá no final da sala. Estava escuro naquele canto, mas eu conseguia distinguir suas sombras e ouvi-las falando com Rainsford e os meninos.

Avery se sentou na posição mais próxima à mesa, remexendo-se como se quisesse dizer algo, mas não conseguisse reunir coragem de fazer isso.

"Tem algo passando pela sua cabeça, Avery?", perguntou Rainsford. Ele sacudiu os dados do jogo e os arremessou sobre o tabuleiro, fazendo o seu movimento de um jeito distraído. Avery parecia acuada, como se tivesse sido pega em frente de todo mundo fazendo algo proibido.

Kate deu um encontrão no ombro dela. As duas obviamente tinham conversado, e Kate estava tentando oferecer apoio ou induzir Avery a dizer algo que ela não deveria.

"Você e Davis brigaram?"

A pergunta de Avery fez todo mundo na sala virar a cabeça. Suas palavras saíram afiadas, algo incomum para ela.

"Uma diferença de opinião, só isso", disse Rainsford. "De qualquer maneira, o trabalho dele aqui acabou. Era hora de ele ir embora."

"Eu não acredito que Will está lá fora e não vai entrar", disse Kate. Todos já sabiam das novidades da descoberta de Davis. "Que maluco."

Ai. Aquela doeu, e eu torci para Marisa sair em minha defesa. Mas ela estava com um humor taciturno, pensativa e quieta.

"Mas por que ele tem que partir, assim, de repente? Eu mal tive chance de me despedir. Você não pode convidá-lo de volta para um café da manhã?, Avery pediu.

"Avery, você está sendo patética", disse Connor.

"Cale a boca."

"Estou só comentando. Todo mundo sabe que você gosta do cara. Mande uma mensagem para ele quando voltar para casa, qual o problema?"

Avery puxou os joelhos contra o peito e se amuou, e Kate lançou um olhar de reprovação para Connor com seus olhos estupidamente azuis, um braço sobre o ombro de Avery.

"Nossa, vê se cresce, vocês duas," disse Connor. "Isso não é mais a oitava série."

Alex e Ben pareceram divididos em escolher de que lado ficariam, o das garotas bonitas ou o do cachorro alfa, por isso escolheram ignorar completamente a situação.

A sala ficou silenciosa e sem graça, então eu peguei o livro *A mulher nas dunas*. O abrigo antiaéreo era um lugar ideal para a leitura, com sua luz boa e silêncio mortal, e eu tinha chegado à metade do livro de manhã cedo. Havia algumas coincidências perturbadoras na trama. Um entomologista é levado a descer uma escada para o fundo de uma profunda duna de areia com a promessa de que um inseto raro fizera seu ninho lá. Quando ele chega ao fundo, alguém remove a escada, e ele encontra uma mulher vivendo na duna. Ela tinha passado toda a sua vida tirando areia do buraco com uma pá, o que eu não entendi muito bem, e agora ele está preso lá embaixo, forçado a ajudá-la pelo resto de sua vida miserável.

Talvez fosse o avançar das horas ou o confinamento no abrigo, ou o fato de eu estar preso como o homem da história. Ou quem sabe fosse o fato de a Sra. Goring, que não sabe que eu estou aqui, controlar minhas idas e vindas. Seja qual fossem os motivos, o livro estava me incomodando, então liguei meu Gravador em vez de ler e ouvi sessões antigas de áudio do escritório da Dra. Stevens enquanto esperava a sala principal esvaziar.

Dez ou quinze minutos depois, cerca de 23:30, Avery foi sozinha para o quarto das garotas e eu mudei o canal. Ela se sentou na cadeira – os números 5 e 7 continuavam claramente visíveis na parede atrás dela – e começou a conversar com a Dra. Stevens.

Eu não me importo mais com nada.
Por que está dizendo isso? Aconteceu alguma coisa?
Não, nada. Só não me importo.
Sei.
Você sabe...

Avery parou de falar de repente.

O que, Avery? O que é?
Você sabe como eu posso entrar em contato com o Davis?
Ele foi um paciente meu poucos anos atrás, mas eu não acho...
Eu só queria falar com ele.
Tecnicamente, não é algo que eu deveria fazer, dar informações sobre um paciente.
Eu sei, é que... eu acho que Rainsford o botou para correr. Acho que ele não queria que o Davis falasse comigo.
Você sente algo por ele?

Por quem? Pelo Rainsford? De jeito nenhum.
Por Davis. Você sente algo pelo Davis?
Ele entende por que eu não posso ser curada.
Quer dizer que você contou a ele?
Avery deu de ombros, sem vontade de responder.
Fale com Rainsford. Ele saberá o que fazer.
Mas ele não me ouvirá.
Fale com ele, antes que seja tarde.
Muito tarde para quê?
Avery, estamos quase no final. Você está quase perdendo sua chance de ser curada.
Eu não posso ser curada.
Você pode.
Você não faz ideia do que está dizendo.

Avery se levantou e saiu do quarto. Mas quando fez isso, em um ato de rebeldia ou sei lá o quê, ela enfiou o pincel em uma lata de tinta que eu não podia ver e cobriu violentamente os números 5 e 7.
Pronto. Está feliz agora? Me deixe em paz.
E então ela foi embora, e a sala ficou vazia. Parecia um mau presságio, ambos os números destruídos na parede. E o que era ainda mais estranho, a tinta que ela havia usado era branca. O 5 levou o golpe mais duro: um círculo grosso cobrindo o número. Mas, quando o seu golpe alcançou o 7, a tinta estava fina e deixou o número aparecendo. Era um número 7 preto, e parecia que estava lutando para fugir do branco, resistindo a ser destruído tão facilmente.

Eu pressionei o botão da sala principal e fiquei assistindo enquanto nada de muito interessante acontecia. Rainsford e os meninos jogando algo irrelevante na mesa, as garotas amontoadas no sofá. Começava a parecer que Rainsford estava fazendo papel de babá ou esperando algo importante acontecer, o jogo sendo somente uma desculpa, um motivo ilusório para permanecer.

Minha mente começou a questionar: *O que Davis disse para Rainsford? E o que rolou entre Davis e Avery?* Mesmo eu sabia que eles gostavam um do outro. Ficava óbvio só de olhar para a linguagem corporal deles quando estavam juntos. Talvez Davis tenha descoberto algo ruim sobre o programa e pediram para ele ir embora.

Eu andei de um lado para o outro no abrigo e tirei os *headphones*, jogando-os na cama. Coçando as laterais da minha cabeça, comecei a ter uma certeza sobre Marisa.

Eu não posso deixá-la passar por isso. Não posso.

Eu teria prazer em passar o resto da minha vida doente em troca da cura de Marisa. Mas como isso pode ser certo? A profundidade do porão dos quartos, os tratamentos bizarros, toda a bagunça insana. Com ou sem cura, eu tinha que chegar à Marisa o mais rápido possível. Tinha de convencê-la a não entrar nessa. E então nós teríamos que fugir.

Não sei quantos minutos se passaram enquanto eu tinha esses pensamentos. Três, cinco, dez? No silêncio do abrigo antiaéreo, às vezes, o tempo parecia não passar. Isso me fez imaginar como seria estar em uma prisão, como o tempo deixaria de ter qualquer significado, e isso me assustou. E se eu nunca escapasse da clareira e do Forte Éden? E se essa construção toda fosse projetada para nos manter prisioneiros, como o homem dos insetos no fundo da duna naquela história?

Eu recoloquei os *headphones* e olhei de relance mais uma vez a sala principal, que tinha ficado surpreendentemente vazia em poucos minutos. O último dos garotos estava passando pela porta para o seu quarto, Rainsford tinha sumido, e Marisa estava sentada no canto do sofá distante, oculta sob as sombras. Ela estava curvada como uma bola, e, se eu tivesse que adivinhar, diria que ela estava chorando.

Dê pelo menos quinze minutos, Will. Certifique-se de que eles já foram se deitar, pensei.

Meu relógio marcava quase meia-noite, um pouco cedo para todo mundo se recolher, mas Connor e Alex eram os mais barulhentos do grupo, e ambos tinham sido curados no começo do dia. Eles deviam estar cansados. Avery estava chateada e Kate tinha virado sua confidente. Provavelmente estavam sentadas uma em frente a outra em suas camas, cochichando sobre Davis, curas e dores de cabeça. Com isso, restava Marisa, que, assim como eu, estava totalmente sozinha agora.

Sete minutos depois, não consegui mais esperar. Nem arrumei as coisas dessa vez. Eu não me importava.

Joguei minha mochila nas costas, a comida e a água que eu ainda tinha viriam a calhar, e virei para a porta.

Eu estava indo lá para cima encontrar Marisa, e nós dois iríamos embora do Forte Éden.

Abrir a porta para o Forte Éden se provou mais assustador do que imaginei que seria. Tramar a minha fuga e planejar levar outro participante comigo me fez sentir como se Rainsford fosse meu inimigo. Eu não tinha pensado nele totalmente desse jeito antes, mas agora, encarando a escuridão, senti o seu olhar furioso vindo da parte mais profunda do forte.

Algo não estava certo. Algo estava fora do lugar. O que era? Com apenas uma luz bem tênue para guiar os meus passos, eu vasculhei minha mente para entender o que estava errado.

O que não estou vendo? O que ele sabe?

Segurei o meu Gravador, com meu dedo no botão PLAY. Se ouvisse sussurros ou vozes distorcidas, eu começaria a escutar a música favorita de Marisa antes de ser pego por qualquer truque mental. Eu poderia ir para o sofá e dar um fone de ouvido para ela, assim nós ouviríamos juntos a música. Isso não seria absurdamente romântico? Só de pensar nisso eu me movia mais rápido pelo chão. Parei de me importar. Nós iríamos escapar, nós dois, saindo pela porta e mergulhando na noite. Nós ouviríamos "I Wanna Be Adored" passando frio na floresta, e só teríamos um ao outro para nos aquecer. Eu estava perdido nesse sonho ridículo quando cheguei ao sofá e descobri o meu erro.

Não era Marisa que estava encolhida como uma bola no sofá, era Avery Varone, que olhou para mim com lágrimas em seus olhos.

"Will?"

Eu apertei o botão no meu Gravador por acidente, e a música começou a tocar, suave e devagar. Era uma música quieta no início, então pude escutar a voz de Avery.

"Meu Deus, *Will*, é você."

No intervalo em que tirei meus olhos da tela e decidi escapar com Marisa, ela tinha ido para cama e sido substituída por Avery.

"Oi", eu disse, e senti como se houvesse uma batata entalada na minha garganta.

"Senta aí, está tudo bem", disse ela, limpando a maquiagem que tinha escorrido por suas bochechas. Ela era uma garota bonita, não era uma Kate Hollander, mas bonita mesmo assim. De perto, possuía uma beleza desolada, como um campo vazio de colinas.

"Pensei que fosse outra pessoa", eu disse, desligando a música e tirando os fones de ouvido. Ainda bem que não coloquei o meu capuz, senão ela poderia ter pensado que eu era um assassino vindo para levá-la embora.

"Quem?" ela perguntou. "Quem você pensou que eu era?"

"Marisa", respondi. Eu estava começando a tremer, pensando em como seria se todo mundo saísse de seus quartos e me encontrasse lá. Eles me destruiriam com suas palavras. Connor Bloom poderia até me bater. Isso poderia acontecer.

E também havia a própria Avery.

Eu não tenho certeza de que ela é confiável.

Não seja ridícula. Claro que é. Ela fará a parte dela. Eu vou garantir que aconteça.

A Dra. Stevens e Rainsford estavam falando sobre Avery ou outra pessoa?

"Você não precisa se preocupar", disse Avery. "Não vou contar a ninguém. Davis disse que você poderia aparecer. Foi por isso que eu esperei."

Esse foi um momento curioso, e a curiosidade tinha um jeito de esfriar o meu cérebro escaldante. Era como se duas interrogações gigantes não coubessem na minha cabeça ao mesmo tempo. Eu estava considerando o que aconteceria se um grupo de colegas se juntasse em volta de mim, mas também estava desesperadamente interessado no que Avery queria dizer com isso.

A curiosidade venceu e eu sentei.

"Por onde você andou?", ela perguntou.

"No porão do Bunker", respondi. "O que aconteceu entre Davis e Rainsford?", perguntei.

"Eu não sei", disse Avery, virando-se, como se as palavras fossem tão frustrantes que dessem vontade de gritar. "Ele não quis me dizer, ele simplesmente foi embora."

"Foi embora?", perguntei.

Ela fez que sim rapidamente com a cabeça algumas vezes, limpando outra lágrima que escorria. "Você perguntou ao Rainsford o que aconteceu?"

"Não, mas falei com a Dra. Stevens. Ela disse a mesma coisa: *Fale com o Rainsford*. Você acha que eu deveria?"

"Claro que sim. Por que não?"

"Certo."

Foi uma resposta vazia, como se não tivesse nada melhor para dizer ou estivesse emocionalmente exausta para se importar.

Eu olhei sobre o meu ombro para todas as portas da sala, me perguntando quando Marisa voltaria. Mas isso não aconteceria até que todos fossem dormir, e Avery Varone continuava lá.

"Você acha que as curas funcionam?", perguntei.

"Sim, acho", ela respondeu.

"Então por que você não vai?"

Ela revirou os olhos e riu cheia de arrependimento.

"Eu digo isso, mas ninguém me escuta."

"Você não pode ser curada", eu completei. Ela assentiu, então inclinou a cabeça para trás sobre o couro macio do sofá, olhando para as sombras do teto.
"Desculpe", eu disse. "Se servir de consolo, nós quase dividimos algo em comum."
"O que é?", ela perguntou, seu pescoço ainda para trás, mas virando a cabeça para mim.
"Você não pode ser curada e eu não serei curado. Eu acho essa coisa toda uma insanidade."
"Pode ser", ela respondeu, pensativa. "Isso não importa, de qualquer maneira."
"Escute, Avery, acho que vou embora agora. Por favor, não diga a ninguém que estive aqui nem onde tenho me escondido."
"Não direi", ela respondeu. "E, Will?"
"Sim?"
"Ela gosta de você. Ela me contou."
Avery Varone era uma romântica incurável. Estava apaixonada por Davis e prestando atenção naqueles que se apaixonavam em volta dela. Meu coração se acelerou. *Ela gosta de mim?* Por um momento, senti que era bom demais para ser verdade. Um momento que não duraria.
"Falando nela", eu prossegui. "Geralmente ela é a última a ir se deitar. Onde ela está?"
"Eu pensei que você soubesse", disse Avery. E então ela falou quatro palavras que eu jamais esqueceria enquanto vivesse.
"Ela está sendo curada."

Eu não acreditei em Avery Varone quando ela disse que não contaria a ninguém. Como ela poderia guardar um segredo desses? Eu já podia até ouvir a conversa com Rainsford.

Eu sei onde Will Besting está.

Você sabe.
Sim. Eu digo o lugar se você me der o telefone de Davis.
Um acordo justo. Você tem uma caneta?

Infelizmente, no que me dizia respeito, Avery já estava sob efeito do encanto do Forte Éden, então era mais provável que o diálogo fosse assim:

Eu sei onde Will Besting está.
Então me diga. Agora.
No porão do Bunker da Sra. Goring.
Vá embora.
Sim, senhor.

Eu pensava nessas coisas enquanto descia correndo pelo longo túnel entre o forte e o Bunker. Eu pensava nelas quando entrei no abrigo antiaéreo e enfiei os enormes fones de macaco nos meus ouvidos, enquanto sentia a pinicada suave do plástico quebrado na minha pele.

Eu não era alguém que rezava com frequência, principalmente porque não entendia o que estava fazendo. Mas rezei naquela noite no Bunker, ou algo parecido, enquanto esperava o monitor de Marisa ligar.

Eu sei que disse que não escutaria. Disse que não a assistiria, mas não estou fazendo isso porque eu quero. Estou fazendo isso para você não ter que passar por tudo sozinha. Eu estou bem aqui. Por favor, Deus, se você tem alguma compaixão, deixe-a saber que não está sozinha. Eu estou aqui. Estou aqui. Estou aqui.

Eu estava sussurrando as palavras, ouvindo-as abafadas em minha mente, desejando que o monitor nunca ligasse. Talvez Avery estivesse errada, ou talvez tivesse mentido para me fazer voltar e eu ser capturado.

Estou aqui, estou aqui, estou aqui.

Eu escutei as sessões de áudio de Marisa com a Dra. Stevens tantas vezes que elas eram como músicas decoradas que eu podia repetir sempre que quisesse. Por isso, enquanto esperava, as palavras preencheram minha mente.

Você voltou alguma vez?
Você quer saber se voltei para casa?
Sim, casa. Você já foi ao México?
Não, nunca.
Você pode imaginar o motivo disso?
Porque as pessoas me julgariam. Elas achariam que eu sou algo que não sou.
Você fala um inglês perfeito, Marisa. Ninguém julgará você por visitar a sua casa.
Yo hablo español mejor que inglés.
Você fala espanhol e inglês.
Eu falo espanhol melhor do que inglês. Eu só não quero.
Mas por que, Marisa? É uma língua bonita. E o México é a sua herança.
Nós temos mesmo que falar sobre isso?
Existe uma conexão aí, Marisa. Por que você abandonou a sua história?
Eu não sei.
Isso tem alguma relação com o que aconteceu com o seu pai? O que aconteceu com ele não foi culpa sua.
Me deixe em paz.
Não, não vou deixar você em paz.
Você precisa.
Mas não vou. Do que você tem medo, Marisa?

Eu conhecia o medo de Marisa. Ela estava convencida de que alguém estava na casa dela, tentando levá-la embora. Ele a pegaria no escuro, enquanto todo mundo dormia. Isso a mantinha acordada de noite enquanto ela olhava para as portas de seu quarto: a porta do banheiro, do armário, da pequena sala de estar. À noite, ela se sentava com frequência na cama e chorava, mas tinha tanto medo que não conseguia falar ou chamar alguém. Ela tinha certeza de que havia alguém no quarto dela, e sempre havia o saco de estopa.

Você é praticamente uma adulta, Marisa. Eu não acho que eles fariam sacos de estopa desse tamanho.
Eu acho que fariam.
Quando você está realmente assustada, quando está transbordando de medo, o homem está segurando o saco de estopa?
Sim, ele está em uma das portas com ele na mão. Ele diz que vai me colocar lá dentro.
Você tem certeza dessa parte?
É um saco enorme, grande o suficiente para três de mim, pelo menos. Ele diz que vai me colocar lá dentro.
Tem certeza?
Por que você continua me perguntando isso?
Por que eu quero saber sobre esse saco.
Eu contei a você sobre o saco.
Quem está nele, Marisa?
Estoy en la bolsa. Sou eu quem está no saco.
Você tem absoluta certeza?

Eu esperei, pensando em Kino e em A *Pérola*. Por que ele estava tão determinado em subir de vida? Ele não percebia o quanto isso lhe custaria? E por que Marisa estava tão concentrada em ser o menos mexicana possível? Todas as pessoas que eu tinha conhecido daquela parte do mundo eram amistosas e tranquilas, cheias de energia, interessantes. Qual era o problema?

Eu esperei, o zumbido nos meus ouvidos começando a me incomodar.

Isso é uma armação, eu pensei. *A qualquer momento, a Sra. Goring aparecerá na porta. Ela irá me assassinar com uma lata de milho. Ela me baterá com a lata até a morte. Ela é uma mulher com muita raiva. Ela poderia fazer isso.*

E então, de repente, a espera acabou.

O monitor de Marisa ficava abaixo e à esquerda daquele no meio do grupo. Ele vibrou magicamente e ligou, com mais suavidade do que os anteriores: um quarto branco com uma borda brilhante como o halo de um anjo.

Talvez Deus tenha me escutado, pensei, ajustando os *headphones* de modo que ficassem exatamente em cima das minhas orelhas.

Havia algo muito estranho sobre o cômodo, mas eu não sei dizer o que era. E então eu percebi: Dessa vez, não existia um elmo com seus fios e tubos fantasmagóricos, apenas um quarto branco e uma porta branca que se abriu.

Marisa passou a cabeça pela porta e, por um momento, pensei que ela fosse voltar. Também passou pela minha cabeça que um verdadeiro amigo teria descido lá e a resgatado. Eu me senti pequeno e inútil, como se a tivesse deixado na mão quando mais precisou. Ela atravessou a porta e, assim que a fechou, o pesadelo começou.

A sala foi de toda branca para completamente preta no momento do clique da tranca, tudo menos o objeto que repousava sobre o chão com os fios e os tubos. O elmo estava lá, totalmente branco em contraste com a negritude do ambiente em volta, brilhando como se estivesse cheio de luz neon. A luz batia no rosto de Marisa e lhe dava um ar pálido e irreal quando ela pegou o terrível dispositivo e colocou na cabeça.

Você é adorada, eu disse, fechando meus olhos. Era a única oração que eu conseguia pensar.

Marisa Sorrento, 15
Medo agudo: ser sequestrada

O monitor no abrigo se iluminou com o que estava sendo mostrado dentro do elmo. Marisa estava em algum lugar que eu nunca tinha visto. Era muito escuro, uma luz bem fraca vindo de um longo corredor de caixas. Um homem, de pele morena e sorrindo, com um bigode preto e grosso, segurava a mão da garotinha, puxando-a junto a ele. Quando ele falou, foi com um inglês ruim e um forte sotaque espanhol.

Marisa, venha, eu vou mostrar a você. "Mas grande de setas".
Fale em inglês, Papa. Você sabe como eles ficam bravos.
Si, *inglês. Venha comigo, Marisa. Me siga. Nós vamos até os grandes cogumelos.*

De volta ao cômodo, Marisa caiu de joelhos no chão, o que me incomodou. Ela estava rezando? Acho que sim. A linha branca que corria do lado direito da tela começou a subir e a imagem voltou para o que se passava dentro do elmo.
    As grandes caixas de madeira estavam cheias de cogumelos. Ela estava no subsolo, em algum tipo de lugar onde se cultivavam milhares e milhares de cogumelos. O que isso poderia significar?
    Ei, você! Venha aqui, esse cara precisa de uma ajuda para mover as caixas.
    Uma voz no final do longo corredor chamava o pai de Marisa. Ele se virou para ela, disse para ela ficar onde estava. Ele voltaria logo.
    Pareceu haver um momento em que a garotinha começou a procurar alguma coisa e ficou perdida, chamando pelo pai. Quando a tela voltou suavemente para a imagem da sala, Marisa não tinha se movido. Mas a linha branca tinha. Estava se aproximando da metade.
    Ora, ora, Marisa Sorrento. O que traz você aqui embaixo, no escuro?
    De volta ao elmo, Marisa se virou rapidamente na direção da voz. Um homem diferente, um homem mau, segurava uma lanterna embaixo do seu rosto do modo que os homens fazem para assustar crianças no acampamento. Ele vestia um chapéu de caubói, e seu rosto pálido brilhava com o suor.
    Fique aí quietinha, não vá fugir de mim.

"Corra, Marisa! Corra!", gritei no abrigo antiaéreo.

Seu pai precisa ficar de boca fechada, entendeu?

O elmo se inclinou para cima e para baixo.

Um golpe não funcionará. Não vai dar. Me diga que entende.

Sim. Uma voz frágil de uma menininha de cinco ou seis anos, assustada.

Você está vendo esse saco aqui, Marisa Sorrento?

A imagem mostrou um saco de estopa gigante, balançando do lado da perna do homem mau, e o elmo assentiu mais uma vez.

Você fala para o seu pai calar a boca, e eu não coloco ele aqui dentro. Ele cala a boca, todo mundo cala a boca. Tudo depende de você. Entende o que digo?

O monitor se moveu para a sala escura, e a linha branca se moveu mais rápido, passando da metade, o medo começando a transbordar.

Quando a tela voltou para o que acontecia dentro do elmo, Marisa estava em um quarto, o quarto *dela*, eu imaginei, e já era tarde. A imagem tinha assumido um brilho azulado de câmera de segurança noturna e naquele brilho havia uma porta aberta.

A imagem tremeu e a passagem vazia foi preenchida com um homem que vestia chapéu de caubói. Perto dele, um saco gigante de estopa, cheio e pesado.

Seu pai está aqui nesse saco. Quer dar uma olhada?

Vá embora!

Venha aqui, dê uma olhadinha.

Me deixe em paz!

Você devia ter me escutado, Marisa Sorrento. É culpa sua ele estar aqui.

O homem se moveu na direção da cama, abrindo o saco, e Marisa olhou para o buraco negro escancarado.

O monitor voltou a mostrar a sala no fundo do Forte Éden, que tinha se tornado totalmente branca de novo. Eu nem conseguia ver a linha, apagada por todas as coisas brancas, mas sabia o que tinha acontecido. Marisa estava dominada pelo medo, e os fios ganhavam vida.

Nesse meio tempo, ela nunca se moveu. Ela tinha se ajoelhado e rezado desde o início.

Eu permanecia no abrigo e sentia as lágrimas descerem pelo meu rosto, sua coragem inacreditável partindo o meu coração em dois.

Quando o monitor se apagou e ela se foi, me senti mais sozinho do que nunca e jurei naquele momento que abandonaria o porão da Sra. Goring. Eu pegaria o elevador e desceria até a sala número 5, e eu a tiraria desse lugar terrível para sempre. Eles podiam tentar me impedir, mas eu encontraria um jeito.

Quando me virei para a porta, tive meu primeiro pressentimento de que algo estava muito errado. A porta para o abrigo antiaéreo oscilava de um jeito estranho, como se um vento forte estivesse sacudindo suas dobradiças.

Os *headphones*, grandes e desajeitados na minha cabeça, pareceram mais apertados em meus ouvidos doloridos. De trás da porta, a Sra. Goring apareceu, um olhar de admiração em seu rosto, como se algo especial estivesse prestes a acontecer.

E então ela falou, sua voz ecoando através dos *headphones* e dentro das minhas orelhas nuas. "É hora de ser curado, Will Besting!"

Ela bateu a porta com uma força impressionante que me desequilibrou e me fez cair na cama. O ar na sala ficou quente e úmido na escuridão, e eu tateei em busca do interruptor, girando-o rapidamente.

A luz na sala tinha mudado, uma sombra sangrenta e violeta, e, de algum jeito, eu entendi.

Esses headphones *são o meu elmo, conectado na parede com três fios compridos. Essa sala é a minha sala, fechada e isolada no porão do Bunker da Sra. Goring.*

Eu estava a um passo de ser curado, gostasse disso ou não.

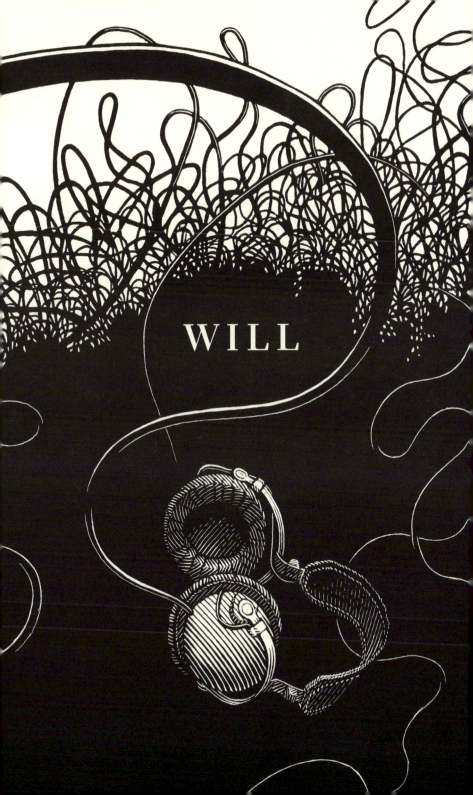

Em retrospectiva, o que mais me incomodou quando descobri o que estava acontecendo comigo foi como fui cego. Eu tinha visto o que queria ver, algo bem distante da verdade.

Todos os demais foram curados em um quarto, e o abrigo antiaéreo certamente era um quarto. Todos tinham colocado algo em suas cabeças que estava conectado a fios, tubos ou os dois. Eu tinha recebido os *headphones*, grandes e pesados, e eu os coloquei por vontade própria. As conexões dos elmos vinham das paredes ou tetos de suas salas, e a minha vinha pela parede do abrigo. Todas elas ficavam no subterrâneo, onde ninguém podia escutá-los gritar, e era exatamente onde eu estava.

Era difícil aceitar o fato de que a Sra. Goring e Rainsford sabiam de tudo o tempo todo. Eles sabiam onde eu me escondia e entendiam o que eu estava fazendo. Isso ficou claro logo no início da minha cura, que se revelaria não em um, mas em todos os sete monitores do abrigo. Todos os demais tinham enfrentado o elmo com sua tela e seus sons. Eu tinha os *headphones* de macaco e os monitores.

O rosto de Rainsford apareceu primeiro no monitor central, de perto e assustador. Eu não tinha feito nenhum contato com ele além da visão distante da câmera e, agora, lá estava ele, cara a cara. Eu não tinha imaginado que sentiria tanto medo dele.

"Desculpe, Will Besting", ele começou. "De verdade, me desculpe. Mas cada tratamento é diferente. O seu exigiu muito planejamento e coordenação. Algo sem precedentes. Ele é, no fim das contas, uma das minhas obras-primas."

Eu ainda não estava totalmente sob seu controle e, por dentro, estava chocado com sua arrogância. Eu não era um garoto com um problema, eu era um inseto pregado na parede, um experimento ou um projeto, uma realização a ser conquistada.

"Não se preocupe", disse ele, devagar e sibilante. Ou eu estava começando a perder o juízo? "Você não tem que vender a sua alma, eu já estou em você."

Eu queria segurar os *headphones* de macaco e arrancá-los da minha cabeça, mas era como estar hipnotizado em um palco com milhares de pessoas assistindo. Pelo menos era o que tinha escutado de minha mãe, que tinha feito isso por volta dos vinte anos.

Foi tão bizarro. Eu sabia o que estava fazendo, mas não conseguia parar.

Ela tinha agido como uma galinha, cacarejando ao redor do palco com um bando de idiotas.

A experiência mais estranha do mundo, saber que algo é errado, mas sentir como se tudo estivesse bem.

Eu sentia que tudo estava errado, assim como a minha mãe.

O que eu sabia: os *headphones* tinham que sair e eu tinha que fugir daquela sala. Mas ao ouvir a voz de Rainsford e ver o seu rosto enrugado no monitor central, não senti o mesmo.

Deixe os headphones *no lugar. Fique aqui. Assista. Tome seu remédio.*

Will Besting, 15
Medo agudo: colegas, grupos, multidões

"A maioria das pessoas esquece, mas não você, Will. Você se lembrará. Eu vou garantir isso. Aproveite enquanto pode, Will Besting. Logo isso terá terminado, será arrancado fora, como se nunca tivesse existido. E, junto com isso, seu medo também irá terminar."

Ele estava sentado na mesma cadeira onde estivera Ben Dugan, olhando para mim da sala no quarto dos meninos com os números pintados na parede atrás dele. O 1 tinha sumido – o número do Ben – mais o 3 e o 4. Todos eles, desaparecido. O único número que permanecia na porta dos meninos era o 6.

"Chegou a hora, Will", disse ele, pegando um pincel na mão e segurando-o onde eu pudesse vê-lo. Ele o mergulhou em uma tinta violeta e se levantou, foi para a parede e fez um borrão em cima do meu número.

O que aconteceu depois disso não está cem por cento claro na minha mente. Tudo que vi foi apresentado em momentos rápidos em todas as telas, mas me lembro disso como um evento único, amassado em um espaço sem fim.

Desculpe, Will.

Havia muitas vozes, mas nenhum rosto, e eu caminhava. Tudo acontecia do meu ponto de vista, e parecia que eu estava dividindo um mar de gente. Tantas pernas e braços, tudo bem perto de mim, todos eles vestidos de preto ou cores próximas.

Muitas das vozes pareciam falar sobre mim enquanto eu passava pela multidão, mas eles não sabiam que eu podia ouvi-los bem. Não sabiam que eu era um especialista em ouvir, que eu escutava melhor do que a maioria das pessoas.

O que ele está fazendo? Ele não vai conseguir. Ele é frágil, sempre foi.

Eu vi minha própria linha no centro do monitor começar a subir no abrigo antiaéreo, então parar, espalhando-se. Uma mancha de um profundo violeta brotou na base da tela.

Como isso aconteceu? Ele tem algo a ver com isso? Não, não, não foi o que aconteceu. Não foi culpa de ninguém.

De repente me livrei dos corpos opressivos ao meu redor, mas havia rostos em volta, medonhos e em *close* em cada monitor, todos pálidos de arrependimento.

Oh, Will.
Eu não sei o que dizer.
Não olhe. Só vai te machucar mais.
Não, olhe. É disso que você precisa. Isso ajudará você.

O borrão violeta na base da tela se espalhou como mel no abrigo antiaéreo, preenchendo metade do espaço.

Eu estava sozinho agora, olhando para baixo para uma figura de camisa branca, deitada em uma caixa. Meus olhos fitavam diretamente um botão que não tinha sido passado pela casa da camisa. Eu estendi a mão e ajeitei o botão claro, alisando a camisa com a mão para que ficasse arrumada. Ele vestia uma camisa passada, e os botões claros pareciam tão legais que eu fiquei lá mais um instante.

O que ele está fazendo? Por que ele não se mexe? Alguém vá ver o garoto.

Meus olhos passaram pela camisa perfeitamente passada, e então eu estava olhando um peito, e depois um pescoço. Eu vi a cor, primeiro com o canto do olho, como uma luz cegante. Seu boné de beisebol verde brilhante, firmemente empurrado para baixo sobre sua testa lisa. Aquilo me pareceu estranho. Meu irmão, deitado em uma caixa, vestido com a camisa passada e o boné verde que ele nunca tirava.

Por que ele está na caixa? Eu perguntei.
Por que meu irmão mais novo está na caixa?

Em um milésimo de segundo, soube a verdade, e então meu mundo inteiro desabou ao meu redor. Algo dentro de mim se rompeu, o que vi e o que a minha realidade se tornaria, e eu corri me afastando do caixão. Um aglomerado de pessoas me puxava e empurrava, e eu não conseguia respirar. Eu tinha que sair dali. Eu tinha que correr e nunca mais voltar.

Mas as pessoas não me deixavam ir. Elas estavam por toda parte. Eu caí, buscando ar, cercado de rostos pálidos e chorosos. A tela central no abrigo antiaéreo se preencheu com aquele violeta profundo. Eu senti uma dor lancinante atrás das orelhas, uma pontada ardente como se tivesse sido cortado por duas facas, e então tive uma convulsão. Eu estava no chão em um funeral em casa, cercado de pessoas que não me deixariam escapar, ou eu estava no abrigo com alguma parte de mim sugada, trocada por algo diferente?

Eu senti um pedaço de mim retornar, a parte que eu tinha obliterado sobre Keith, uma escuridão que não conseguia manter sem enlouquecer. Então veio o silêncio, um momento à deriva no tempo, e depois nada mais. Nenhum sentimento, apenas um espaço vazio.

Quando acordei, os *headphones* tinham sumido. Não percebi isso logo de cara, nem que o próprio quarto tinha sido consideravelmente alterado. Os monitores tinham sumido e sido substituídos por uma parede branca e lisa. Minha mochila tinha sumido, e com ela o meu Gravador. A cama permanecia, e era nela que eu estava deitado.

Todos esses detalhes tinham me escapado ao acordar, porque só havia espaço no meu mundinho para um pensamento. Um pensamento tão grande que nunca caberia ali antes, mas agora, do outro lado do tratamento desumano de Rainsford, eu finalmente conseguia mantê-lo dentro de mim e conviver com isso.

Meu irmão mais novo não estava vivo. Meu Keith, com seu estúpido boné de beisebol verde e o grande talento para o basquete. Ele tinha partido fazia um tempo – dois anos ou mais – e eu senti algo estranho e inesperado com a súbita chegada dessa informação.

Eu finalmente estava pronto para deixá-lo partir.

Chorei com força, acho, as memórias vindo à tona e sumindo. O arremesso com o cotovelo no *air hockey* no porão que nunca funcionou, o modo como ele se movia na entrada da garagem, deslizando por mim e se dirigindo para o aro amassado em cima do nosso portão. Sua falta de capacidade de dominar os mecanismos simples de fugir de um robô, me fazendo rir até as têmporas doerem.

Tudo isso se derreteu, virando algo macio e profundo, uma dor que eu podia carregar sem desabar.

Você foi um bom irmãozinho, Keith. O melhor.
Você também não era dos piores.

Sua voz nunca mais foi a mesma depois daquilo, o que, de certa maneira, quebrou meu coração, mas, por outro lado, o manteve inteiro.

Paz, brou. Paz onde quer que você esteja. Vejo você do outro lado.

───────

A natureza modificada do abrigo antiaéreo permaneceu como uma peça secundária das informações enquanto eu me levantava e abria os olhos. Havia mais duas coisas preenchendo minha mente agora, e elas pareciam ter igual importância. Keith não tinha sido substituído, mas sim posicionado no centro da parte mais profunda do meu coração, onde eu sabia que ele permaneceria para sempre, sem sombra de dúvidas.

Minha mente deixou Keith para trás e se arrastou na direção da primeira dessas duas coisas: Marisa. Tanta coisa tinha acontecido de forma tão rápida, mas agora meus pensamentos se voltaram para ela. Nós tínhamos em comum a morte de um membro próximo da família, nós dois, o que me fez querer encontrá-la mais do que nunca. Eu conhecia a dor dela. E, então, faltava a maior pergunta de todas: ela tinha sido curada?

A ideia da cura foi o que trouxe a minha própria circunstância à tona, gritando, a segunda coisa que capturou minha atenção foi: eu estava curado? Como os outros antes de mim que estavam certos disso, eu, de repente, tive certeza também. Talvez fosse o fato de saber que Keith estava comigo, e não alguma versão falsa que eu estava criando no espaço vazio em torno dele. Ou, mais provável, tinha algo a ver com o que aconteceu no final da cura. Eu toquei o pequeno espaço atrás de minhas orelhas. Havia ossos ali, e uma pele delicada abaixo. Também havia algo novo: pequenas feridas, macias ao toque.

Os *headphones* de macaco tinham feito algo comigo. Algo que eu não deveria saber.

Eu me lembrei das palavras de Rainsford: *a maioria das pessoas se esquece, mas você não, Will. Você se lembrará. Eu vou garantir isso. Aproveite enquanto pode, Will Besting. Logo isso terá terminado, arrancado fora, como se nunca tivesse existido. E, junto com isso, seu medo também irá terminar.*

Chegaria um momento, logo, me parecia, em que tudo o que eu sabia sobre o Forte Éden desapareceria da minha memória.

Como se nunca tivesse existido.

Eu tinha que encontrar um modo de impedir que isso acontecesse.

Finalmente a minha mente tinha chegado à realidade do momento. Eu me sentia golpeado e ferido, como se tivesse caminhado por um campo minado e conseguido sobreviver a três explosões violentas.

"Isso não pode estar certo", eu disse, encarando a parede do abrigo. Quando eu disse essas palavras, senti a quarta explosão, a última delas, rasgando minha mente. O abrigo antiaéreo tinha ficado tão absurdamente calmo que o pensamento ainda não havia me ocorrido. Tudo parecia normal, mas não estava. Eu disse mais três palavras, mas elas foram registradas como um pensamento, e não como sons.

Não consigo ouvir.
Todos sofriam com sintomas após o tratamento, mas ninguém tinha perdido algo totalmente na troca. Tinham sido pequenas coisas, uma dor de cabeça ou um pé dormente, mas nunca uma categoria inteira do que eles eram. A ideia de nunca mais ouvir me parecia o mais cruel dos castigos.

Eu gritei, não uma palavra, mas um som, e descobri que estava errado. A palavra soou muito longe, mas estava lá, distante e fraca. Gritei novamente, movendo minha mandíbula para cima e para baixo como se mergulhasse fundo em uma piscina e só precisasse estalar o ouvido. Será que esse tinha soado mais alto ou era a mesma coisa? Eu peguei a borda da cama de metal enferrujado e a derrubei no concreto. O som ecoou silencioso na minha cabeça e pareceu trazer as coisas mais para perto.

"Você pode me ouvir, Will?", eu me perguntei, alto, mas sem gritar, e ouvi minha própria voz. Ela continuava bem distante e baixa, mas os meus ouvidos estavam melhorando. Estranhamente, parecia que, quanto mais eu ouvia, melhor eu ouvia.

"Foi o que ele quis dizer", eu disse, muito baixo para me ouvir dizendo isso, mas entendendo perfeitamente. Rainsford sabia que eu perderia a minha audição e o que isso significaria: eu não o ouviria falando comigo quando me juntasse aos demais.

"É a voz dele, é isso o que os faz esquecer. É o que os faz agir como ele manda."

Mas ele também sabia que a minha audição voltaria, pelo menos boa parte dela e, quando isso acontecesse, sua voz iria eliminar minha memória, acabar com ela, espalhá-la na floresta, onde eu nunca mais a encontraria. Eu não tinha certeza disso, mas todas as evidências apontavam para seus poderes de persuasão. E me parecia que sua ferramenta mais poderosa era a voz, uma voz que induzia aqueles ao seu redor a fazer o que ele pedia.

Mesmo se estivesse errado, decidi correr o risco. Se ouvir Rainsford apagaria minha memória, então eu precisava garantir que nunca escutaria sua voz.

Olhei mais uma vez para o abrigo antiaéreo e realmente o entendi dessa vez. Será que existiu uma parede de monitores em algum momento? Eu não tinha mais um relógio, e não existiam janelas no porão. Até onde sabia, dormi por dias e dias enquanto eles removiam os monitores. Os livros e os fones de macaco também tinha sumido. Na verdade, quanto mais eu examinava as coisas, mais parecia que *tudo* tinha ido embora. Somente a cama onde eu tinha dormido permanecia encostada na parede.

Eu senti uma fome corrosiva na minha barriga e salivei com o pensamento dos pêssegos em compotas da Sra. Goring com uma pitada de canela.

Alguma comida, é disso que preciso, vou descobrir o que fazer.

Não fazia mais diferença se a Sra. Goring descobrisse que um pote de compotas havia desaparecido. Ela sabia que eu estava aqui e tinha que imaginar que eu estava faminto. Eu abri a porta e dei um passo para fora. O porão não estava tão escuro quanto imaginei. No alto, havia uma luz amarela e sutil que não existia antes.

Fora do quarto, vi a parede de cogumelos retorcidos e, ao me virar, a porta preta com o número 7.

"Não estou mais no abrigo antiaéreo", falei, ouvindo minhas palavras como se fossem sussurradas no final de um longo corredor. "Estou no fundo do Forte Éden. Na sala número seis."

Levei alguns minutos para me acalmar e absorver a ideia de que eu tinha sido movido de um porão para outro. O abrigo antiaéreo era real, eu só não estava nele. Eu parei em frente à porta marcada com um 7 e desejei ter coragem de bater, mas não tive. Era a última sala, a sala *dele*. A única pessoa que iria lá seria Avery Varone, a garota que dizia que não podia ser curada.

Caminhei até o elevador, que estava aberto, e entrei. Eu fiz a longa e lenta jornada para o piso principal. Olhando para a canoa quebrada de Kino, senti sua vida passando ao contrário e o imaginei fazendo escolhas diferentes. Quando saí, caminhei pela rampa e Kino ficou maior no chão. Abrir a cortina foi a parte fácil, mas ficar diante da porta que dava para o Forte Éden me trouxe uma sensação velha e familiar. E eu estava com medo. Não foi o medo antigo e debilitante que me agarrou, mas um novo e racional. Eu não estava com medo de estar com um grupo de pessoas. Eu estava com medo do que Rainsford faria comigo quando eu entrasse.

A porta abriu antes que eu pudesse me virar e voltar.

"Entre aqui, eu não tenho o dia todo, e a comida está esfriando." A Sra. Goring gritou na minha cara, alto o suficiente para que eu ouvisse.

Entrei, concordando com a cabeça, e vi que todo mundo estava sentado em volta da mesa redonda me olhando. No passado, esse seria o meu sinal para largar tudo e sair correndo, mas eu os via de um jeito diferente do que eu tinha visto grupos de pessoa por bastante tempo.

Eles estavam sorrindo para mim, dizendo coisas que eu não conseguia ouvir. Até mesmo Connor estava feliz de me ver, comemorando com o punho fechado, e acho que até com um pouco de ciúmes de eu ter tapeado o sistema, pelo menos por algum tempo.

Bela camisa.

Eu não ouvi Ben Dugan dizer as palavras, mas ele estava apontando para a própria camisa, e pude ler seus lábios. Olhei para baixo e vi que eu tinha a mesma camisa, aquela com um E em um pedestal de pedra.

Eu não tinha me mexido de perto da porta, e a Sra. Goring já tinha voltado ao seu carrinho de metal, colocando-o ao lado da mesa. Ela estava distribuindo grandes tigelas de macarrão e molho soltando vapor, e rolos de pão embrulhados em papel alumínio. Um jantar com cspaguete, o meu favorito. Alex e Kate estavam acenando para mim, chamando meu nome, mas eu continuei sem me mover.

Quando Marisa se levantou e começou a vir na minha direção, eu a encontrei na metade do caminho. Ela esticou a mão, sorrindo de um jeito tão perfeito, e nossos dedos se tocaram. A mão dela estava tremendo tanto quanto a minha. Enquanto me levava para a mesa, ela continua me olhando de volta, sem palavras e radiante.

Você está bem, eu disse, tão baixo que não ouvi nada. Ela fez que sim com a cabeça quando chegamos na mesa e se sentou. Os olhos dela pareciam cansados, como se não tivesse dormido por dias, e isso me preocupou. Talvez ela não estivesse curada, afinal.

"Comam. Agora." A Sra. Goring gritou atrás de mim. "Eu voltarei em vinte minutos." As perguntas estavam vindo de todos os lados, e eu captei a ideia geral: por onde você andou? Conte-nos tudo.

Eu apontei para os meus ouvidos e comecei: "A cura me deixou meio surdo, mas eu posso ouvir um pouco. Eu acho que a audição está voltando. Estou gritando?"

Risadas amigáveis vieram em seguida, junto com várias cabeças acenando afirmativas.

Cara, você está praticamente berrando com a gente.

A comida estava passando de mão em mão, o primeiro jantar de verdade a que eu chegava perto há bastante tempo, e eu sussurrei próximo ao ouvido de Marisa.

"Você pode dizer algo baixinho e perto de mim? Eu queria ouvir a sua voz."

Ela sorriu de cabeça baixa, olhando o prato, tocou a minha mão sob a mesa e colocou sua boca perto do meu ouvido. Se dar as mãos já tinha sido maravilhoso, isso foi completamente inexplicável. Eu senti sua respiração quente na minha pele. As palavras estavam vivas no meu ouvido, e eu as escutei.

"Não me abandone de novo. Fique."

"Sem problemas", disse, e todo mundo riu. Eu tive a sensação de que falei muito alto, e ri junto com eles. Eu empilhei massa no meu prato e a cobri com um molho grosso e vermelho, então cravei meus dentes no melhor pão de alho que já tinha experimentado.

As coisas estavam melhorando, sem dúvida.

Ao analisar a mesa, percebi que Avery Varone não estava lá. Eu me inclinei para perto de Marisa e perguntei onde ela estava. Marisa deu de ombros, apontando seu garfo para a porta que levava para o lado de fora, e sorriu distraída. Ela estava tentando parecer bem, mas não havia dúvidas do quanto estava exausta.

"Onde está o Rainsford?", perguntei, e tive a impressão de finalmente ter encontrado a altura certa para minha voz.

Connor tinha a voz mais alta do grupo, mas Kate ficava logo atrás, então direcionei a eles a minha pergunta.

"Ele está por perto", disse Kate. "Ele disse que iremos para casa amanhã."

"Acho que realmente sentirei saudades desse lugar", disse Alex Chow. Eu ouvi a voz dele, baixinha, mas estava lá. Minha audição estava melhorando aos poucos, e eu entendi a razão do jantar. Rainsford sabia que escutar vozes me traria de volta. Quanto mais eu ouvisse, melhor eu ouviria. Que lugar melhor do que uma mesa de jantar para fazer as pessoas falarem?

Eu estava faminto e não queria nada além de comer tudo à minha frente, mas eu era esperto o suficiente para saber que isso não passava de uma armadilha. Quanto mais eu permanecesse, mais ouviria e, eu sabia, isso era perigoso.

"Nós podemos dar uma volta? Isso é permitido?", perguntei a Marisa.

Ela hesitou, não por não saber se tínhamos a permissão, mas por uma razão totalmente diferente. Ela estava cansada demais para uma caminhada.

"Podem ir", disse Ben Dugan. "Eu esconderei comida para vocês. Ela nunca saberá."

Isso pareceu dar a Marisa energia suficiente para se levantar e me empurrar em direção à porta. O sorriso estava de volta e nós estávamos nos movendo. Eu olhei para trás, feliz de ver Ben pegando meu prato de massa empilhada e levando-o para o quarto dos garotos.

Eu só levei uma fatia de pão de alho comigo, não para mim, mas para Marisa. Se o passeio terminasse em um beijo, eu queria que ela tivesse o mesmo hálito que eu. Nós demos as mãos e caminhamos pela trilha até o lago, dando pequenas mordidas no pão torrado até ele terminar.

Ela se inclinou para perto, colando seu ombro no meu. "Você está curado", disse ela. "Estou feliz por você."

"Também estou feliz por você", eu disse.

"Você está gritando."

"Me desculpe."

Ela sorriu e olhou para os sapatos.

"Você se lembra de ser curada?", perguntei, mais baixo dessa vez. Ela balançou a cabeça em negativa.

"Mas não tenho mais medo. E eu deixei algumas coisas para trás. Coisas pesadas."

Eu queria dizer "Eu sei", mas não reuni coragem para tanto. Mais tarde, chegaria o momento de nos aprofundarmos em nossos passados.

"Por que está tão cansada? Ficando acordada até tarde?"

Ela riu, e o murmúrio estava de volta, próximo e caloroso.

"O total oposto. Eu durmo o tempo todo. Deve ser o meu sintoma, como as dores de cabeça de Kate e a sua audição. Rainsford disse que passará depois de um tempo."

Talvez você esteja apenas pondo o sono em dia, pensei, o que fazia sentido.

Nós ficamos em silêncio na trilha, e eu desejei ter o meu Gravador. Eu teria colocado um fone na orelha dela, o outro na minha, e tocado a nossa música. Teria sido épico-fantástico-
-inesquecivelmente-romântico. Eu estava perdido nesse pensamento, pensando nas palavras e na melodia, quando ela me parou e me olhou nos olhos.

"Você está cantando a nossa música", disse ela, baixinho o suficiente para que eu não conseguisse ouvi-la, mas eu entendi o que ela disse. E percebi que estava mesmo.

Ela se aproximou, na ponta do pé para ficar da minha altura, e nós nos beijamos.

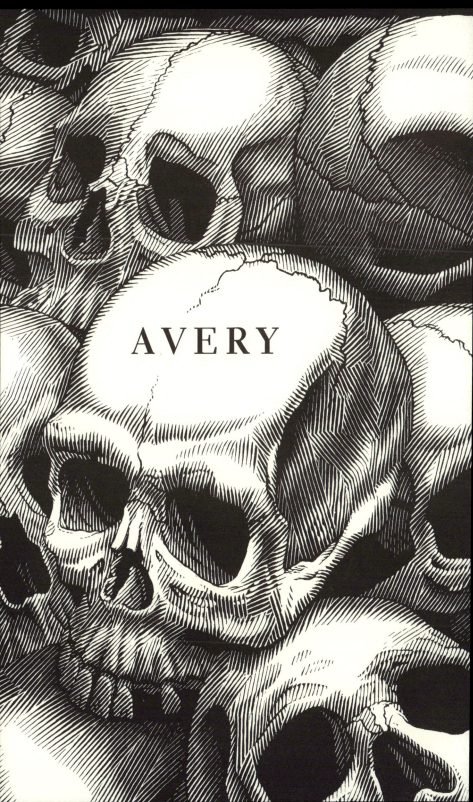

Quando chegamos ao lago, Avery Varone estava sentada sozinha no deque. Ela olhava para a casa da bomba, segurando a chave inglesa nas mãos.

Marisa me tocou no ombro, sinalizando para eu esperar na beira da água e, então, foi até Avery e se sentou ao lado dela. Eu não podia ouvir o que elas falavam, mas, o que quer que fosse, não era muito. Avery não estava no clima de conversar. Ela continuava olhando para mim, e imaginei de novo: *você está do nosso lado ou contra nós?* Ela tinha superado Kate como a informante mais provável do nosso grupo por inúmeras razões.

Eu olhei para o lago, o silêncio me envolvendo, e pensei no que eu sabia. Kate Hollander era bonita e inteligente, e ela sabia como manipular as pessoas, mas não era uma seguidora.

Kate liderava. Estava em seus ossos. Eu achava cada vez mais difícil de acreditar que ela seguiria os planos de outra pessoa, especialmente um plano implantado por adultos. Ela era a clássica menina antiautoridade. Ela era aquela que pregava peças na escola e causava problemas pelas razões certas. Eu comecei a acreditar nos motivos de Kate para os dias passados no Forte Éden, em parte porque eu sabia de seu passado trágico, mas também porque ela era uma rebelde lutando por nós, não por eles.

Então Kate estava fora da lista, e Marisa não estava nem mesmo no radar, o que deixava apenas uma pessoa: Avery Varone. Ela era uma criança adotiva, e eu sabia, graças às sessões de áudio, que ela tinha passado por pelo menos nove casas nos últimos anos. Esse tipo de coisa não acontece se você for uma criança comportada. Meu palpite é que os pais adotivos estão nessa pelo dinheiro, e as crianças-problema são passadas de um lado para o outro. Mas, além disso, havia o problema central com Avery: ela não podia ser curada, ou pelo menos era o que dizia. E de pé no lago, naquela noite, eu acho que entendi o motivo. Avery Varone não podia ser curada porque ela não estava doente, para começo de conversa. Era a única resposta que fazia algum sentido.

Eu estava plenamente convencido desses fatos quando Marisa se levantou e voltou para mim, o que tornou ainda mais confuso o que ela falou.

"Como ela está?", eu perguntei, certificando-me de sussurrar, para que minha voz não atravessasse o deque. Eu me aproximei para Marisa poder me responder.

"Davis voltou e a viu. Ela contou para ele primeiro."

"Disse o quê?"

Marisa parecia drenada pelo cansaço, como se estivesse andando enquanto dormia. Suas palavras vieram fracas, mas claras o suficiente.

"Avery está pronta. Ela decidiu participar. Vai ser curada."

Quando voltamos para a sala principal no Forte Éden, Marisa se encolheu em um dos sofás e adormeceu.

Os meninos estavam implicando um com o outro nos jogos de cartas e tentaram me fazer participar, mas acenei que não e fui para o quarto masculino por pelo menos três razões.

1) Eu queria a comida que Ben tinha pegado para mim.
2) Eu queria falar com a Dra. Stevens.
3) Eu conseguia escutá-los.

A terceira razão era a principal. Minha audição estava voltando rapidamente. Já tinha voltado para uns cinquenta por cento, o que provavelmente seria o suficiente para ouvir a voz de Rainsford ou o som assustador de sussurros distorcidos, caso voltassem.

Eu sabia qual era a minha cama por causa da minha mochila em cima dela. Procurei embaixo da minha cama e encontrei o prato de comida, coloquei-o no colo e enfiei uma porção gigante de espaguete na boca.

Pus minha mochila no chão e abri o compartimento principal, então comecei a escavar. Nem sinal do Gravador. Ele tinha sumido, como eu havia suspeitado que aconteceria. Todos os arquivos de áudio, todas as fotos e vídeos de coisas que tinham acontecido nas salas. Tudo tinha sumido.

"Ei, Will." Alex Chow havia entrado por trás de mim. "Precisamos de uma quarta pessoa para alguns jogos de cartas. Venha participar, você pode trazer sua comida. Basta esconder se a Sra. Goring aparecer."

"Me dê dez minutos, tudo bem? Eu preciso falar com a Dra. Stevens rapidinho."

Do lado de fora da porta, no caminho até a mesa, ouvi Connor Bloom chamando meu nome.

"Venha, Will. Mova sua bunda magra já para cá! Temos cartas para jogar."

"Eu vou segurá-los", disse Alex. "Apenas se apresse, tudo bem?"

Eu assenti, garfando outro pedaço monstro e enchendo a boca de espaguete. Mais três mordidas e metade de uma garrafa de água da minha mochila depois, eu estava de pé indo para a parte de trás da sala. Havia duas portas: um banheiro, que eu espiei e, como imaginava, encontrei zoneado pelos três garotos, e a sala onde eles podiam sentar e falar com a Dra. Stevens.

Entrei nela e vi as manchas de tinta na parede de trás. Não havia mais os números 1, 3, 4 ou 6.

Todos eles, inclusive o meu, tinham sumido.

Sentei na cadeira e me perguntei se a Sra. Goring estava no abrigo antiaéreo me vendo enquanto devorava seu próprio prato de espaguete.

Havia um botão vermelho em frente ao monitor, e eu o pressionei. A Dra. Stevens apareceu em uma tela cerca de dez segundos depois, como se estivesse sentada ali, esperando a minha ligação, perguntando-se por que eu estava demorando tanto para aparecer. Ela deu aquele seu sorriso ligeiramente torto, tomou um gole de café com leite em uma xícara com um rosto amarelo estampado. Estava sentada atrás de sua mesa no escritório.

A *webcam* estava apontada para o rosto dela de um jeito que a fazia parecer ligeiramente fora de proporção.

"Estou tão feliz que você esteja bem, Will", disse ela.

"Eu também."

"Você está com raiva?"

"O que você acha?"

"Você está com raiva."

"Dra. Stevens, não sei como estou."

"Você está curado", disse ela. "Não subestime o quanto foi difícil conseguir isso."

"Você mentiu para nós."

"Você não sentirá o mesmo pela manhã. Confie em mim mais uma vez, certo? Tudo ficará bem."

"Por que não acredito em você?"

"Eu não sei, mas você deveria acreditar em mim."
"De onde você conhece o Rainsford?"
"Ele foi meu mentor, eu disse isso a você. Ele é brilhante."
"E como ele vive no fundo de uma escadaria longa daquelas?"
Ela fez uma pausa, pensando em uma mentira ou em como encobertá-lo.
"Ouça, Will. Nós assumimos riscos com você. Novos riscos. Você precisou de uma conexão com o grupo mais isolada, algo que trouxesse você lentamente para fora. Apenas me prometa que não fugirá de novo. Fique aí e ouça tudo o que o Rainsford tem para dizer a você. Faça isso e prometo que amanhã de manhã estará se sentindo muito melhor sobre tudo isso."
"Tchau, Dra. Stevens."
Eu não a esperei responder. Procurei pelas latas de tinta no chão e pelos pincéis endurecidos com tinta seca. Peguei um deles, mergulhei uma vez em cada uma das latas, todas elas começando a criar uma crosta seca no topo. Quando terminei, o pincel estava encharcado com uma gosma cinza que pingava na mesa e no chão. Eu o passei na tela do computador, cobrindo a cara da Dra. Stevens, e deixei o quarto.

———

Parei perto da minha mochila e procurei dentro dela mais uma vez, jogando tudo na cama. Minhas roupas estavam lá, e também as barrinhas Cliff e embalagens velhas. Havia seis garrafas de água, cinco delas vazias. Procurei nos bolsos laterais, abrindo o zíper de todos, até chegar ao menor deles e encontrar algo dentro. Ao abri-lo, descobri o pequeno tocador de MP3 do Keith. Eu tinha colocado o tocador dentro e escrito o bilhete, não o Keith. E minha longa neurose fez meu rosto ficar vermelho pela humilhação. Percebi que estava ficando um pouco maluco antes da cura, e nesse aspecto eu aceitava o que o Forte Éden tinha feito comigo.

Meus fones de ouvido pretos estavam conectados ao aparelho, o que achei estranho até cavoucar o bolso e encontrar um *post-it*. Não o que eu tinha escrito, mas um novo. Outra pessoa tinha escrito quatro palavras em letra de forma no bilhete. Quatro palavras que não fui capaz de tirar da cabeça no restante do meu tempo no Forte Éden.

NÃO OUÇA O RAINSFORD

Quem quer que tenha pegado a mochila tinha removido o meu Gravador, e com ele cada pedaço de evidência que eu tinha sobre esse lugar. Mas eles tinham deixado o tocador inútil de MP3, com o qual eu não poderia gravar nem tirar fotos, e alguém tinha deixado o bilhete.

Davis, eu pensei. Tinha que ser ele. Lá estava ele, tentando me ajudar. Ele sabia! A única coisa agora era colocar os fones de ouvido e manter a música tocando.

"Detroit Rock City", *não me deixe na mão*, eu pensei, puxando o meu capuz e correndo o fio preto pela parte de trás da minha camisa, e então colocando o tocador de MP3 no meu bolso de trás.

"Cara, a Avery está sendo curada, venha logo!"

Eu me virei na certeza de que tinha sido pego, e vi que Connor Bloom vinha na minha direção.

"Rainsford está a caminho, precisamos nos apressar. As cartas terão que esperar."

"Certo, tudo bem, eu já estou indo."

Mas Connor Bloom não estava aberto a negociação. Ele estava atrás de mim, me empurrando pela porta, e tinha fácil fácil o dobro da minha força.

"E esse capuz aí?", ele me perguntou.

"Estou resfriado, acho que devo ter pegado alguma coisa lá na floresta."

"Não tussa em mim. A temporada de futebol começa em uma semana."

Nós passamos pela porta, e eu vi Marisa sentada no sofá. Ela estava esfregando os olhos e acariciando o cabelo, que tinha ficado bagunçado de um lado.

"Cara, eu realmente desmaiei, não foi?", ela perguntou para ninguém em específico.

Eu olhei para a abertura de onde os degraus surgiam vindos do porão e vi sombras se movendo. Assim que Rainsford apareceu, parecia que ele estava surgindo de dentro da terra em uma noite sem estrelas.

Ele estava um pouco sem fôlego, mas só um pouco, e tive a impressão de que ele tinha escalado para fora da escuridão sem pressa nenhuma.

"Ei, pessoal, aproximem-se", disse finalmente. Ele seguiu para a mesa redonda e esticou seus braços, como se fosse nos chamar para uma roda. "É hora de encerrarmos a jornada."

Rainsford olhou para mim, ou através de mim, assim que Marisa chegou ao meu lado e se recostou em meu ombro. Eu não conseguia vê-la com o capuz para cima, mas a sentia macia ao meu lado, o calor do tempo em que ficou dormindo ainda remanescente em sua pele.

"Belo chapéu", disse ela. Essas seriam as últimas palavras que eu a ouviria dizer até o dia seguinte. "Como está se sentindo, Will Besting?", perguntou Rainsford. "Pode me ouvir?"

"Eu posso."

Ele fez que sim com a cabeça como se pensasse que essa era uma notícia excelente.

"Estou feliz de finalmente conhecê-lo."

E então os sussurros começaram.

―――

Sozinhos, os sons da voz de Rainsford e o conjunto de sussurros eram hipnóticos, mas, juntos, o poder deles era completo. Eles criavam um tipo de dança acústica que eu nunca tinha escutado antes e nunca mais ouvi. Os sussurros ficaram suaves e elásticos, ecoando em torno da voz de Rainsford como se tentassem chegar dentro da mente. Além disso, havia algo trágico na linguagem incompreensível na voz de Rainsford. Ela soava, eu pensei, como um chamado distante de almas perdidas procurando por um lugar para descansar.

Lutei para manter minha mente concentrada em uma tarefa simples e imperativa: *coloque a música para tocar antes que seja tarde demais.*

Quando todos se alvoroçaram para se reunir em torno da mesa, fui capaz de colocar os pequenos fones de ouvido escondido, enfiar minha mão no bolso de trás e apertar o PLAY.

Vamos começar a festa, imaginei Keith dizendo. E isso foi bom, um ótimo lembrete de que ele continuava guardado em um lugar onde eu pudesse encontrá-lo sempre. Girei o botão no meu bolso, aumentando o volume até a metade, sabendo que, se aumentasse demais, Rainsford poderia ouvir o som metálico de um pequeno Gene Simmons tentando rasgar meus tímpanos com seu baixo.

Avery falava, e eu queria poder ouvir o que ela dizia. Ela finalmente contou a todos o que nunca tinha dito à Dra. Stevens em todas as sessões. Ela estava dividindo seu medo mais profundo. Naquele momento, eu o substituí pelo seguinte: *Avery Varone, você tem um medo mortal da sétima sala porque é lá que vivem os monstros. Você não quer descer lá.*

Mais tarde eu descobriria o medo verdadeiro dela e remoeria isso na cabeça por semanas, tentando entender o mistério do que poderia curá-la. Então entendi por que Avery acreditava que não tinha cura. Todos nós entendemos. Entendíamos por que o medo dela era o maior de todos: morrer.

Avery Varone tinha pavor da ideia da morte.

Eu pensei então como penso agora, que Rainsford tinha encontrado um oponente à sua altura. Para Avery ser curada, ela tinha que experimentar o medo dela. Ela só poderia encontrar alívio do outro lado da cova, porque no mundo de Rainsford morrer era a única cura para alguém como ela.

Ele teria que matá-la, e aquela não seria uma cura no fim das contas, mas a culminação de um longo pesadelo.

E, ainda assim, os procedimentos continuaram. Vi Rainsford passar os olhos em cada pessoa, incluindo eu. Vi quando ele se levantou e saiu da mesa, olhando para trás só mais uma vez, quando começou a descer a longa escada em espiral. Coloquei minha mão no bolso de trás e abaixei o volume da música bem devagar, descobrindo que a sala estava em silêncio.

"Você pode fazer isso, Avery. Vai dar tudo certo", disse Kate ao tocá-la no antebraço.

"Eu sei. Eu estou pronta. Isso vai funcionar."

Alex, Connor e Ben se levantaram como se fossem um só e vagaram em direção ao dormitório dos meninos, enquanto as garotas se reuniam em torno de Avery. Eu senti que era a minha deixa para ir embora, então me levantei também, tocando Marisa na base das costas. Eu queria perguntar a todos se eles realmente pensavam que essa era uma boa ideia, mas estava com medo do que isso pudesse significar. Se eu discordasse ou questionasse o que estava acontecendo, eles saberiam que algo não estava certo.

E, naquele momento, eu não sabia qual era o medo de Avery, mas, mesmo se soubesse, não tenho certeza de que teria coragem de tentar pará-la. Fui para um dos sofás, senti uma onda de culpa, e olhei para aquela boca escancarada com dentes de pedra levando à sétima sala.

Minutos depois, Kate e Marisa foram para seus quartos e eu fiquei sozinho com Avery. Ela não tinha saído da mesa.

"Tem certeza de que é isso que você quer?", eu perguntei. Foi o melhor que pude dizer, e não era grande coisa.

Ela não me respondeu. Em vez disso, levantou-se e caminhou diretamente para a escada em espiral, começando sua descida. Eu pensei que ela simplesmente partiria, mas ela se virou no último segundo. Ela não estava com medo, não sentia nada. Sua expressão era branca como uma folha de papel vazia.

"Tchau, Will."

Ela partiu, e eu estava sozinho na sala principal do Forte Éden. Havia respostas lá embaixo, respostas que eu não tinha certeza se queria descobrir. Seria legal, eu pensei, ser ignorante e curado como os meus amigos. Mas eu tinha um destino diferente deles. Eu nasci para saber o que acontecia. Eu descobriria a verdade no final de uma escada de pedra espiralada, na sétima sala, na parte mais profunda do Forte Éden.

———

Quando a última luz do andar de cima se apagou, senti como se estivesse caminhando para um pesadelo em andamento. Não *em* um sonho, mas sobre ele, sentindo sua força me atrair para baixo. Passei por um lance de degraus totalmente sem luz, e acabei tropeçando em degraus que pareciam cada vez menos firmes. Eles se despedaçavam sob meus pés, como se não fossem feitos de pedra, mas de argila dura, envelhecida e rachada. Alguns dos degraus estavam totalmente arrancados pela metade. Por não ser capaz de vê-los, deslizei cinco metros ou mais na escuridão absoluta. Quando consegui parar, um feixe de luz apareceu no pó que me circundava. A luz vinha de algum lugar lá embaixo, mais uma ou duas voltas adiante, e eu soube que o momento de voltar era agora.

É isso, Will, disse para mim mesmo. *Ou você vai até o fim ou começa a subir. Você nunca terá coragem suficiente para fazer isso de novo.*

E foi assim que encontrei uma fonte de coragem que desconhecia. Eu nunca tinha me considerado uma pessoa corajosa. Esse certamente não era um músculo que eu tinha treinado muito nos últimos dois anos. Mas lá estavam a vontade de prosseguir e o desejo de me obrigar a fazer isso. Cheguei a uma plataforma onde a escada acabava. De um lado, uma porta enorme com apenas uma fresta aberta, a fonte da luz que tinha me atraído para baixo. Depois da porta, a escada continuava. Fui até a borda, olhei para baixo e vi que a escada em espiral continuava a descer cada vez mais.

Percebi um barulho dentro da sala, e, ao encostar gentilmente na porta, ela se abriu alguns centímetros a mais. Era sólida, com parafusos e juntas de ferro, e não produziu nenhum som em suas dobradiças. Eu não tinha que entrar, sabia o que havia lá dentro simplesmente pelo objeto que vi pela fresta. Aquela caneca. A caneca com o sorriso estampado na frente.

A Dra. Stevens estava lá. Ela estava no Forte Éden. Tinha estado lá o tempo inteiro.

Confie em mim mais uma vez, Will.

Acho que, se você não se importar, eu dispenso, pensei.

Abri a porta o suficiente para entrar, mas continuei parado. Vi prateleiras de livros na parede, uma mesa, um computador – algo muito parecido com seu escritório na cidade. A Dra. Stevens não estava sentada em sua cadeira ou atrás da porta com um bastão de beisebol. Ela não estava na sala, e tive a sensação de saber o motivo. Ela e Avery estavam no mesmo lugar. Ainda mais lá para baixo. Deixei a porta entreaberta da maneira que estava quando a encontrei, a luz banhando a escadaria, e então segui em frente.

O último lance de degraus foi o mais difícil. Havia barulhos peculiares lá embaixo de um tipo que eu não sabia nada a respeito. Se eu tivesse que adivinhar, diria que eram máquinas, líquido e energia de algum tipo em funcionamento na sétima sala. Havia os sons das outras curas, mas amplificados e esticados em algo pior. Minha audição estava melhorando para, talvez, sessenta por cento, não mais do que isso. Se eu podia ouvir aqueles sons, era sinal de que não estavam baixos. A luz dispersa se aproximou dos meus pés, mas foi engolida pelas trevas. A escada, a parede, o teto, tudo ficou preto e sem brilho enquanto eu não prestava atenção. As paredes em torno de mim pareciam consumir a luz, absorvê-la. Mais um passo e pude me inclinar em volta de uma quina fechada e enxergar.

Ouvi vozes distantes e sabia a quem pertenciam. Dra. Stevens:

Trinta segundos e nós chegaremos lá.

Então, a voz grave e inconfundível da Sra. Goring ecoou das paredes:

Não tenha tanta certeza. Talvez ela nem consiga.
Ela vai conseguir.

Sem saber o que estava fazendo, eu tinha deixado minha cabeça deslizar pela última quina estreita. Foi um milagre não ter ofegado, ou talvez eu tenha e só não conseguisse me ouvir. Um cômodo de seis lados apareceu na minha frente, cada parede com um monitor incrustado em pedra. A parede de Ben tinha sido brutalmente rabiscada com dezenas de números 1 azuis, como se um louco tivesse enfiado a mão em uma lata de tinta e espalhado os números pelo lugar, descendo sua mão pela pedra. O monitor repassava a cura de Ben, mas somente a parte em que ele era tomado pelo medo. Repetidamente, o garotinho enfiava o braço na caixa de areia, seus olhos se arregalando de medo quando a aranha escalava sua mão. Os sons estavam esticados e deturpados, como se alguém tentasse extrair algo deles.

Todas as seis paredes eram assim: um monitor embutido na pedra, repetindo as partes mais assustadoras de cada cura, cercados de números escritos de um jeito violento e cores que correspondiam aos pacientes.

Ben Dugan — Azul
Kate Hollander — Roxo

Alex Chow — Verde
Connor Bloom — Laranja
Marisa Sorrento — Branco
Will Besting — Violeta

Fios e tubos saíam do teto acima de cada monitor. Eles se reuniam no meio como um dossel, onde estavam presos agrupados com uma corda grossa. De lá, a massa de fios corria por um corredor estreito para uma sala que eu não via. Era dessa sala escondida que as vozes ecoavam. Eu sabia que a sala tinha um número como as outras: número 7. Nela, Avery Varone estava sendo curada, sendo morta ou ambos.

Eu tinha chegado tão longe só para sentir minha coragem me deixar na mão. E se eles me vissem descendo pelo corredor estreito? Eles saberiam que a minha memória continuava intacta. Eles me caçariam e me *forçariam* a ouvir Rainsford.

Vozes ecoaram pela câmara mais uma vez, eu me obriguei a dobrar a esquina e comecei a andar devagar.

Sra. Goring: *Isso não vai funcionar. Interrompa!*

Dra. Stevens: *Não! Deixe-os em paz! Fique para trás!*

O corredor estava escuro e pintado com números 7 espalhados, mas no final dele existia luz e movimento. Segundos depois, após me forçar a seguir com alguma relutância, pude espiar o que havia após a última quina no fundo do Forte Éden.

Avery Varone estava sentada em uma grande cadeira, olhando na direção contrária a que eu me encontrava. Ela tinha o elmo na cabeça, com tubos e fios descendo do teto. Sentado do lado dela, também olhando para o outro lado, estava Rainsford. Ele também usava um elmo repleto de fios e tubos.

Diga que não é verdade, eu pensei.

Dra. Stevens: *Ela está sendo inundada pelo medo. É agora!*

Sra. Goring: *Não!*

Dra. Stevens empurrou a Sra. Goring para o lado e acionou uma alavanca na parede. Eu assistia, impotente, enquanto

Rainsford e Avery ficavam rígidos, e os fios e tubos enlouqueciam sobre suas cabeças.

Diga que não é verdade, eu pensei novamente.

Os dois estavam conectados. Algo estava passando entre Rainsford e Avery Varone. Entender esse fato gerou perguntas razoáveis as quais eu não queria responder.

Eu também estive conectado a Rainsford quando fui curado? Todos nós estivemos? E a maior pergunta de todas era: POR QUÊ?

O processo terminou rapidamente e, com ele, o som desapareceu. Fez silêncio no fim do mundo, e então vieram as palavras.

Sra. Goring: *Ela está morta.*

Dra. Stevens: *Não está.*

Sra. Goring: *Está sim.*

Dra. Stevens: *Ela só precisa de um instante. E então ficará bem.*

Pela primeira vez desde que eu a tinha conhecido, a Sra. Goring parecia um pouco triste. Quando voltou a falar, o tom de sua voz tinha retornado, e eu decidi que essa era minha melhor chance de pular fora. Enquanto ela falava, eu recuei, mas ainda consegui ouvir o suficiente. Suficiente para saber que eu nunca devia ter confiado na Dra. Stevens.

Sra. Goring: *Você foi longe demais.*

Dra. Stevens: *Eu sou filha dele. Eu fiz o que tinha que fazer.*

Sra. Goring: *Você está errada. Ninguém forçou você.*

Dra. Stevens: *Cale a boca.*

Sra. Goring: *O sofrimento dela está em suas mãos.*

Dra. Stevens: *Eu disse para calar a boca!*

Eu tinha um monte de dúvidas enquanto subia dois degraus de cada vez, escapando da sétima sala antes que elas pudessem me ver. *Avery continuava viva? O que realmente tinha acontecido durante todas as nossas curas? O que eu tinha acabado de testemunhar?* Mas uma das respostas eu sabia com certeza, e isso me deixou assustado por todos nós.

Rainsford tinha uma filha, e seu nome era Dra. Stevens.

Naquela noite, ninguém saiu dos quartos. Não houve nenhuma comemoração para a Avery, porque a Avery não voltou. Eu me arrastei para a minha cama e lá permaneci, encarando o teto por um longo tempo. A bateria do meu tocador de MP3 duraria talvez mais uma hora, e eu mantive os fones no ouvido e meu capuz puxado para cima, por via das dúvidas. Por volta de meia-noite, me levantei e espiei a sala principal, que estava vazia e misteriosamente quieta.

Eu fui na ponta do pé até o quarto das garotas e entrei.

Duas camas vazias, duas cheias. O pensamento de acordar acidentalmente Kate em vez de Marisa pesou na minha cabeça enquanto eu permanecia na porta. De qualquer maneira, as duas dormiam pesado, e eu não via por que acordar Marisa. O que eu diria? Se ela estivesse sendo controlada de um modo que a fizesse esquecer, nada do que eu dissesse faria algum bem. Tudo soaria insano e poderia inclusive colocar Marisa e os outros em perigo desnecessário. Voltei para a minha cama e jurei manter minha boca fechada até a manhã.

Uma pessoa entrou no quarto dos garotos algum tempo depois. Eu estava meio dormindo meio acordando com o meu dedo no botão PLAY. A porta abriu e fechou, e logo aquele sussurro imperceptível começou e eu liguei a música, rolando sobre a cama para que o capuz cobrisse o meu rosto. O intruso só podia ser Rainsford, e ele caminhou de um lado para outro entre as camas dizendo sabe-se lá o quê. Eu não podia ouvi-lo, mas Connor, Ben e Alex sim. Seus sonhos foram preenchidos com o que Rainsford lhes dizia para se lembrarem desse lugar.

Após um instante, ele saiu e eu o ouvi entrar no quarto das garotas. Desliguei a música, mas os sussurros perscrutadores permaneciam. Eu tinha meia hora de bateria, talvez, nada além disso, e deixei o aparelho tocando Kiss, The Who, Rolling Stones e Led Zeppelin.

Quando a música terminou, eu estava em sono profundo.

Amanheceu cedo no Forte Éden. A Sra. Goring estava na sala principal, batendo duas frigideiras uma contra a outra, com o pior humor que eu já tinha visto.

"Levantem-se logo e saiam!", ela gritou. Não nos serviram um café da manhã normal, nenhum adeus caloroso do proprietário misterioso, nada. Ela colocou uma barra de granola e uma garrafa de água na mão de cada um de nós conforme passávamos por ela e respondeu a nossas perguntas de forma tão sucinta quanto permitia a linguagem humana.

"Avery foi curada? Onde ela está?", Marisa perguntou. Ela estava mais acordada do que no dia anterior, o que me deixou feliz.

"Ela vai ficar mais um dia", disse a Sra. Goring, enfiando o café da manhã econômico nas mãos dela.

"Sério isso? Sozinha?", Ben Dugan perguntou.

"Ben Dugan, você é um idiota. É claro que ela não ficará sozinha! Eu estarei aqui."

"Superdivertido para a Avery", Kate respondeu baixinho.

"De você eu não vou sentir falta", retrucou a Sra. Goring.

"Para onde nós vamos?", perguntou Connor Bloom, que parecia meio sonolento enquanto caminhava e implorava por uma barra extra de granola, que a Sra. Goring não deu a ele.

"Para o mesmo lugar de onde vieram, subindo a trilha. A carona estará esperando."

"Agradeça ao Rainsford", disse Alex Chow, e pelo tom de sua voz ele realmente estava agradecido por ter sido curado. "Se ele precisar de outro Davis, diga que eu sou o primeiro da fila."

"Eu não direi nada!", disse a Sra. Goring.

Quando chegou minha vez, dispensei a barrinha de granola, mas peguei a água. Todos já estavam do lado de fora, e restava apenas nós dois.

"Como achar melhor", disse ela. "Como se eu me importasse com a sua fome."

Eu estava a um passo de passar pela porta e ir para a clareira quando ela me agarrou pelo braço e me puxou de volta. Ela olhou fundo nos meus olhos, procurando por algo.

Ela sabe, eu pensei. *Ela sabe e vai me jogar pela escada para que as minhas memórias sejam apagadas como a dos outros.*

Mas, então, algo inesperado aconteceu. Os olhos dela se encheram de água e ela me encarou. Seu queixo tremeu de um jeito engraçado, como se fosse chorar por algum arrependimento profundo que ela não sabia como explicar. Ela me soltou, se inclinou sobre o carrinho oscilante de metal que eu conhecia tão bem e pegou uma caixa pequena e marrom.

"Você não saberá o que isso significa", disse ela, "mas eu tenho que contar a alguém, e você é tudo que eu tenho." E por um momento eu consegui imaginá-la como uma jovem da minha idade, inocente e feliz. Existia aquela parte dela, trancada, e isso provou minha teoria sobre o poder do som. Em sua voz existia a garota que ela tinha sido, antes de a vida desapontá-la de um modo amargo. Ela nem sempre foi a Sra. Goring. Ela foi uma garotinha inocente com medos e sonhos.

Eu peguei a caixa e coloquei na mochila, estiquei a mão e a toquei no braço, porque parecia que ela precisava de alguém para tocá-la de um jeito gentil naquele momento.

"Tome seu rumo, Will Besting. E nem pense em tentar voltar para cá", disse ela, a velha pungência retornando.

Eu queria dizer a ela que provavelmente conseguiria voltar no dia seguinte se eu tivesse carteira de motorista, mas deixei passar.

Durante a longa caminhada pela trilha, fiquei ao lado de Marisa, e nós não conversamos sobre nada especial. Minha audição estava perto de setenta por cento, então eu me aproximava quando ela falava comigo, e ela parecia gostar disso.

Eu podia ouvir os corvos nos seguindo a distância no céu acima, como eles tinham feito na chegada, crocitando de um lado para o outro. Eles estavam felizes em nos ver partindo ou apenas irritados com a nossa presença nas copas densas da floresta?

"Alguém ainda está com os sintomas?", eu gritei para o grupo que seguia à minha frente.

O consenso foi sim, todos continuavam a sofrer com alguma condição estranha, e comecei a questionar se tínhamos deixado algo no Forte Éden que nunca teríamos de volta.

Ben Dugan surpreendeu a todos quando gritou o nome de Avery sobre nossas cabeças. "Avery Varone! Você voltou!"

Ela estava correndo pela trilha, tentando nos alcançar, quando paramos.

"Graças a Deus", murmurei, "ela está bem". Bem no fundo, eu estava pensando em como era bom o Forte Éden não ser o local de um homicídio e que a minha vida não se tornaria desesperadamente complicada afinal de contas. Avery Varone, viva, significava muito. Quer dizer, eu poderia esquecer tudo o que tinha visto, se quisesse, e isso não importaria. Todos estávamos curados, e ninguém terrivelmente machucado. Por mais bizarras que as experiências tivessem sido, aos quinze, eu podia me imaginar perdoando tudo.

"Então, você está melhor?", perguntou Kate. Ela atravessou a multidão de pessoas e foi a primeira a encontrar Avery. Ela não esperou por uma resposta enquanto Avery recuperava o fôlego. "Sim, ela está curada. Uma garota sabe."

Avery assentiu, sorrindo, e todos nós parecemos notar a mudança dela de uma só vez.

"Que gótico isso", Kate comentou, pegando um longo fio de cabelo de Avery que tinha ficado branco.

"Não é?", disse Avery. "Ele vai crescer e sair. Sem problemas."

Nós conversamos um pouco mais, mas a *van* branca nos esperava, e todo mundo queria ir para casa. Todos pegaram seus telefones ao longo do caminho, mas ainda não conseguiam encontrar sinal. De quebra, descobriram que, se tinham tirado fotos, essas imagens tinham desaparecido. Eles não se importaram com esse detalhe tanto quanto deveriam, e eu estava convencido de que tudo isso era parte do plano. Ser curado, ir embora, esquecer tudo.

Quando terminamos de subir todo o caminho e as árvores ao nosso redor ficaram para trás, a manhã já estava quente. Amarramos os moletons em torno da cintura e bebemos a água das garrafas. A Dra. Stevens e a sua *van* branca não estavam lá, então esperamos, tentando imaginar o que era deveríamos fazer.

Alguns minutos se passaram e, então, um som veio da estrada desnivelada. Primeiro vimos a poeira sendo levantada da estrada, e então a moto esportiva. Não era a Dra. Stevens na *van* branca. Ainda não.

"É ele", disse Avery, sorrindo conforme ajeitava os fiapos brancos de cabelo para trás da orelha. "Ele voltou, como prometeu."

"Quem?", perguntou Ben Dugan.

"Davis", disse Kate, com um pouco de ciúme retornando à sua voz.

"Talvez ele me deixe montar em sua moto", disse Connor. "Será que devo pedir a ele?"

"Não é uma boa ideia, cara", Alex comentou, e eu tive que concordar. Connor Bloom ainda estava um pouco cambaleante. Ele tinha parado duas vezes na subida pela trilha, apoiando-se pesadamente contra uma árvore. Colocá-lo em uma moto esportiva parecia uma ideia horrível.

Conforme Davis se aproximava, a traseira de sua moto levantava uma nuvem de poeira. Ele vestia uma camiseta branca, *jeans*, botas e nenhum capacete. Ele tinha sido curado, como o restante de nós, então talvez tivesse desenvolvido um medo de qualquer coisa ser colocada na sua cabeça.

    De qualquer modo, o visual caía bem nele, e fiquei aliviado mais uma vez de que tivesse escolhido Avery em vez de Marisa desde o início.

    "Então vocês terminaram, hein?", disse ele, desligando o motor conforme chegava, e todos nós cercamos a moto esportiva de quinhentas cilindradas, que parecia feita para andar pela floresta.

    "Bela máquina", disse Connor, balançando a cabeça em apreciação.

    "Não deixe ele chegar perto", Kate avisou. "Ele iria atropelar todos nós."

    Todos rimos, e Davis abriu um largo sorriso. Ele não desceu da moto, dando uma olhada no grupo. O sol estava subindo na estrada atrás de mim, então, quando nossos olhares se encontraram, ele apertou os olhos contra a luz forte.

    "Bom ver você, Will. Tudo certinho?"

    A pergunta soou como uma piscada de olho. Você viu a música que deixei para você? Você se lembra? Você entendeu? Mas parecia ser o momento errado para revelar alguma coisa. Eu precisava sair logo dali e colocar minha cabeça no lugar. Mas isso não importava. Avery Varone estava subindo na moto, o que atraiu a atenção de todo mundo.

    "Ei, se você está dando caronas, conte comigo", disse Kate, e eu fiquei meio preocupado com Avery. Kate Hollander na traseira de uma moto com seus braços e pernas enroscados em Davis... Bem... Conheço poucos caras que pensariam duas vezes se pudessem ter essa experiência.

    Avery surpreendeu todo mundo com sua resposta.

    "Diga à Dra. Stevens que encontrarei vocês lá na cidade", disse. "Eu corri para cá tão rápido que me esqueci de trazer minha bolsa."

    "Você quer que eu leve você de volta?", Davis perguntou.

Os braços de Avery já estavam em volta de seu dorso, sua bochecha encostada na camiseta branca dele. "Lá vem a Dra. Stevens", eu disse, vendo a poeira começar a levantar no topo do morro, a *van* branca aparecendo ao longe.

"Vamos, Davis", disse Avery. Olhando para ela, vi que seus olhos estavam fechados. "Vamos logo."

O motor ligou e nosso círculo se rompeu. Tinha algo muito legal no que estava acontecendo, e todos começaram a aplaudi-los. Mas eu tive minhas dúvidas quando Davis deu de ombros, sorriu e pisou na marcha.

"Aproveitem o fato de estarem curados, caras", disse ele, e eles começaram a descer pela trilha. Marisa acenou e deu um pulo.

"Não acredito que ele voltou por ela", ela disse, segurando minha mão.

"Nossa, isso aqui está um festival do amor", disse Kate. A garota mais popular, de algum modo, estava ficando sozinha no final. Connor e Ben estenderam o braço em torno dela enquanto a *van* chegava, e isso pareceu reanimá-la.

Eu olhei para baixo na direção da trilha, prestando atenção no barulho da moto. Mas ela já estava fora do alcance da minha audição. Vendo-os lá embaixo, onde as árvores deixavam o caminho escuro e sombrio, fiquei realmente feliz por Avery Varone e pensei de novo em tudo o que eu sabia. Fiquei imaginando se, mais tarde, depois que tivesse tempo para pensar nisso, eu desejaria poder esquecer como todos os outros.

A Dra. Stevens só tinha sorrisos, animada de nos ver e especialmente curiosa sobre mim. Ela me fitou nos olhos e, quando parecia que eu tinha passado em algum tipo de teste, começamos a nos amontoar dentro da *van*. Ela não se abalou com a notícia da partida de Avery.

"Eu conheço Davis faz muito tempo", disse. "Ele irá levá-la para casa."

"Onde quer que seja a casa dela essa semana", disse Kate, soltando uma última farpa, mas em seguida ela pensou duas vezes, pelo visto. "Certo, isso foi um golpe baixo até para mim. Apaguem de suas memórias, pessoal."

"Você está certa, foi um golpe baixo até para você", disse a Dra. Stevens, e então ela deixou escapar uma informação que eu sabia ser mais importante do que parecia à primeira vista. "Ela está comigo agora. O último lugar não deu certo, e decidi que dez casas eram o suficiente."

A Dra. Stevens tinha se tornado a mãe adotiva de Avery. *Que conveniente*, eu pensei. Se Avery tivesse morrido durante sua cura, a Dra. Stevens teria como fazê-la desaparecer.

Quando cheguei ao banco traseiro da *van*, Marisa se sentou ao meu lado. Dez minutos mais tarde, ela dormia com sua cabeça encostada em meu ombro e estávamos na estrada voltando para a cidade. Abri minha mochila e olhei dentro dela, encontrando a pequena caixa que a Sra. Goring tinha me dado. Ela estava amarrada com um pedaço de barbante, que desamarrei e coloquei na minha sacola.

Dentro da caixa, encontrei meu Gravador e, olhando pelo menu, descobri vários arquivos. Todos os arquivos de áudio que tinha roubado do escritório da Dra. Stevens estavam lá, e mais cada arquivo de áudio que tinha gravado no Forte Éden. Todas as fotos que havia tirado e todos os vídeos gravados, estavam todos lá, entre outros. E a Sra. Goring tinha adicionado mais coisas para eu escutar, mais coisas para assistir.

A conversa entre Rainsford e a Dra. Stevens veio à tona na minha memória.

Eu não tenho certeza se podemos confiar nela.
Não seja ridícula. É claro que podemos. Ela fará seu papel, eu garanto.

Não era de Avery, Kate ou Marisa que eles desconfiavam. Era da Sra. Goring.

Olhei para a Dra. Stevens, que estava me encarando pelo espelho retrovisor, e me perguntei o que eu iria fazer.

Você estava certa sobre ela, eu pensei. *Ela traiu você.*

Mas o que isso significava, afinal?

Eu iria descobrir, naquela mesma noite, a verdade completa sobre o assunto. E ela era bem pior do que eu imaginava.

RAINSFORD

Um mês mais tarde

Nós fizemos uma pergunta a você, Will. Por que você está se escondendo nesse quarto, sozinho?
Porque eu sabia. Eu sabia, e estava com medo.

Eu me lembrei de quando estava no abrigo antiaéreo, sozinho, e pensava sobre o que aconteceria se alguém me encontrasse. Cheguei a essa resposta com base somente na ideia de que tinha medo de estar com outras pessoas. Não tinha nada a ver com Rainsford ou com o que tinha acontecido conosco no Forte Éden. Eu só não tinha coragem de ir fundo e encarar meu medo.

No fim das contas, eu nunca tive que saber aquela resposta no abrigo antiaéreo do Forte Éden, e não tenho certeza de como me sinto sobre isso. Se alguém tivesse vindo procurar por nós e tivesse me encontrado escondido lá, tudo sobre a minha vida e a vida dos outros teria sido diferente. Nenhum de nós teria sido curado. Nós ainda estaríamos mergulhados na escuridão, tentando e falhando em nos deixar bem novamente. Mas cada um pagou um preço, alguns mais do que outros, e eu sabia de coisas que nenhuma pessoa deveria saber sozinha.

Connor Bloom ainda não tinha se recuperado de seus ataques de tonteira, que o levaram ao fim prematuro da sua carreira no atletismo. Todo mundo estava dizendo que ele tinha sido acertado muitas vezes com força demais ao carregar a bola, mas eu sabia que não era bem assim.

Ben Dugan me ligou nessa manhã mesmo, e perguntei para ele de novo, como sempre faço: como estão suas mãos? Ele disse que já se acostumou com a dor nas articulações, que já melhorou um pouco.

Kate ainda tem uma dor de cabeça que não desaparece.

Os pés de Alex ficam dormentes o tempo todo, então ele não pode fazer o curso de direção até que tenham resolvido isso.

Eu me apaixonei perdidamente por Marisa, que está dormindo em um pequeno sofá em meu quarto conforme dito essas palavras no meu Gravador. Ela dorme bastante. Ela sempre fará isso.

Uma semana mais tarde, soube que nunca vou recuperar minha audição completamente. Eu me acostumei com setenta por cento e espero que não piore. Mas vai piorar. Estou quase certo de que estarei totalmente surdo quando tiver trinta anos, mas ainda guardo um pouco de esperança.

Tenho certeza sobre a natureza duradoura desses problemas porque a Sra. Goring explicou algumas coisas para mim. Ela não só devolveu meu Gravador, como o encheu de coisas que eu desejaria não ter descoberto. A gravação começava com sua voz, mais baixa do que o usual e mais humana.

Eu carreguei esses segredos por sessenta e dois anos, mas chegou a hora de falar, e é isso o que farei. Me escute, Will Besting. Me escute e entenda.

A *primeira coisa que gostaria de dizer é que ele escolheu mal. Ele deveria ter imaginado. Eu podia estar com medo, mas não era um fantoche. É necessário certo tipo de força para sentar na sétima cadeira. Eu tinha o vigor para isso. Era capaz de aguentar. Mas não era a pessoa que ele achou que eu fosse, e isso me trouxe até você, Will, no final da minha vida.*

Meu nome é Cynthia, o mesmo de sua médica. Todo esse negócio de "Sra. Goring" foi um teatro. Rainsford tem sido meu marido todos esses anos, e a Dra. Stevens – ou Cynthia, como prefiro chamá-la – é minha filha. Como você deve estar ciente agora, Cynthia é muito ligada ao pai dela. Ela fez muitas coisas ruins por ele, embora seja frequentemente difícil dizer o quanto ela realmente sabe.

Você viu o poder que Rainsford possui. Eu acho que esse poder é ampliado na Cynthia. Ela faz o que ele diz.

Cynthia juntou os sete. Essa era a sua função principal, pelo menos para Rainsford. Ela recebeu essa responsabilidade sem meu conhecimento. Eu quero que isso seja dito, então não deixe isso para lá. A sua chegada e a de seus amigos foi repentina. Eu tive muito pouco a ver com o que aconteceu. Foram eles dois, principalmente.

A parte mais difícil do que tenho para contar para você é mais fácil de mostrar. Existe também o simples fato de que você não vai acreditar em mim se eu disser a você. Não desanime, Will Besting. Eu o trouxe até aqui, você precisa me seguir pelo resto do caminho. Você precisa sair do lugar escuro em que se escondeu no corredor. Você não pode voltar e subir correndo as escadas tortuosas dessa vez. Dessa vez você vai ficar, entrar na sala e ver. Agora você pode abrir seus olhos.

Eu sabia do que a Sra. Goring – sempre irei chamá-la assim dentro da minha cabeça – estava falando. Existia um arquivo no meu Gravador com um nome peculiar, então eu sabia onde procurar. O arquivo estava todo em maiúsculas: ABRA SEUS OLHOS. O arquivo que eu acabei de transcrever se chamava EU PRIMEIRO!. Eu obedeci à ordem e aos comandos estabelecidos por alguns dos outros nomes de arquivo. Outros nomes de arquivo incluíam DEPOIS QUE VOCÊ VIR e EU EM TERCEIRO!, etc. A Sra. Goring não era uma pessoa sutil. As instruções eram bem claras.

ABRA SEUS OLHOS era um arquivo de vídeo. Quando cliquei, como não queria perder nada importante, coloquei meus *headphones* e aumentei o volume. O vídeo mostrava Rainsford com o elmo na cabeça. Ele estava na sétima sala, onde tudo ficou quieto de repente. Eu já tinha ido embora fazia tempos, provavelmente já estava no quarto dos garotos, e a Sra. Goring fez um *close* no Rainsford.

Ele estava velho e, seja lá o que tivesse acontecido, parecia que o processo o tinha matado e ele estava se decompondo na frente dos meus olhos.

Mas eu não poderia estar mais errado. A Dra. Stevens e Avery não estavam mais lá, ou assim parecia. Só restavam o velho e a Sra. Goring, os dois sozinhos embaixo do Forte Éden.

A face dele começou a se mover de forma estranha, como se fosse líquida. Seu cabelo estava desarrumado e cinza ao longo das bordas do elmo. Eu pisquei os olhos com força conforme a câmera fazia um *zoom*, ficando ainda mais próximo a ele. Só seu rosto na lente, os olhos fechados e os cantos da boca para baixo. As rugas em sua testa começaram a desaparecer. Seus pés de galinha, antes profundos e vincosos, suavizaram. Seu cabelo começou a escurecer nas pontas, e eu comecei a reconhecer algo. O elmo foi levantado de sua cabeça, puxado para o teto por uma corrente. Quando ele abriu seus olhos, eram de um azul brilhante, mas não eram os olhos de um velho.

Era Davis sentado na cadeira. Não eram dois homens, mas apenas um.

Eles eram a mesma pessoa.

═══════

Admito certo fascínio mórbido por esse vídeo. Eu o assisti mais quatro vezes antes de continuar, e toda vez tentava encontrar razões para ele não ser verdadeiro. Rainsford e Davis estiveram na mesma sala ao mesmo tempo, não? Primeiramente, isso soou verdadeiro, mas, ao me questionar, não soube dizer com certeza. Eu achei que Davis estava me ajudando, isso não era verdade? Mas foi a Sra. Goring que me deu o tocador de MP3 e avisou para não ouvir Rainsford.

Outro pensamento me impediu de assistir ao vídeo uma sexta vez: *A Sra. Goring foi jovem um dia, como Avery. E Rainsford também.*

EU EM TERCEIRO! começava assim:

Agora você sabe a parte mais terrível. O resto não será tão ruim, embora tenha a cura, que admito ter um aspecto meio assombroso. Vamos deixá-lo se assentar por alguns segundos e falar sobre Rainsford enquanto você recupera suas forças.

Ele já teve vários nomes, um novo a cada setenta e sete anos. Mas prefiro chamá-lo simplesmente de Rainsford, e farei isso.

Não me peça para explicar por que o ano setenta e sete significa tanto, porque não sei. E imploro: não perca tempo tentando caracterizar o Rainsford como um vampiro. É o contrário na verdade – sem o Rainsford, não existe vampiro. Se essa lenda existe de alguma forma, é ele.

Eu envelheci, mas ele também. E eu não tinha qualquer memória do que ele tinha feito. Minha vida antes da cura sempre foi um borrão, como um pedaço de vidro sujo com tinta. Ele poderia nunca ter me contado, e escapado ileso. Foi preciso uma boa dose de destilado caseiro para encontrar a verdade. Ah, como ele gostava de falar quando eu o deixava bêbado.

Se Rainsford estava falando a verdade, eu fui sua quinta esposa. Faça as contas, Will Besting. Rainsford está por aí faz muito tempo.

O arquivo de áudio EU EM QUARTO! começava assim:

Como ele se tornou o que é, bem no início, é difícil dizer. Não tenho certeza se ele mesmo sabe. Eu sei que ele estava ligado a muito dinheiro e a status quando era criança, porque ele me disse isso.

A pergunta então seria: quando exatamente ele foi uma criança? Realmente criança, não pela terceira ou quarta vez. Quando quer que tenha sido, tinha dinheiro e poder envolvido. Alguém gastou uma fortuna descobrindo isso tudo e, até onde eu sei, Rainsford foi o único beneficiário.

Imortalista. Essa é a melhor palavra que posso usar para descrevê-lo. Ele achou uma maneira de viver para sempre – ou alguém achou para ele, muito tempo atrás – e ele continua a se aproveitar disso. Hesito em mencionar isso por medo de que acabe se voltando contra mim, mas eu já tentei matá-lo. Duas vezes, na verdade. Uma vez foi quando eu tinha quarenta anos, e outra vez quando tinha sessenta e sete. Mais ou menos a cada vinte e cinco anos, digamos.

A primeira vez foi depois que soube da verdade e ele estava desmaiado no chão da sala principal da nossa casa, que você conhece como Forte Éden. Eu atirei em seu coração com uma pistola. Nenhum sinal de sangue. Na verdade, isso acabou acordando ele. Ele se sentou com as costas retas e me perguntou se eu poderia preparar o jantar, que foi o que fiz. Uns vinte e cinco anos depois acertei ele na cabeça com uma vara de ferro, e ele caiu do deque dentro do lago. Por alguns anos ele odiava ir lá, mas depois disso ele soube o que eu tinha feito, e as coisas ficaram pretas.

Seu aniversário de setenta e sete anos foi aguardado ansiosamente, e foi então que ele e Cynthia começaram a arquitetar planos pelas minhas costas. Os processos tinham certo ritmo para eles, como se tudo tivesse acontecido quatro ou cinco vezes antes. Ela fazia tudo o que ele pedia, mas ele nunca contou a verdade para ela, nem eu. Como poderia? Ela acreditava que ele era brilhante. Ela acreditava no que ela contou para você, que ele era o mentor dela. Que o processo curaria tanto ele quanto você. E, suponho, tecnicamente ela estava correta.

É uma pena que eu tenha que contar para ela que ele está morto. Não sei o que mais poderia inventar e, de qualquer modo, ele se foi. Rainsford não mostrará sua cara aqui novamente até que ela e eu estejamos em nossos túmulos.

Maldito.

EU EM QUINTO! era o último arquivo de áudio que ela colocou no Gravador. Ele começa assim:

E agora chegamos à cura. Se você não estiver sentado, sugiro que se sente. Isso não será fácil. Enfrentar o pior dos seus medos na sala tem pouco ou nada a ver com deixar você bem.

As pessoas têm tentado esse tipo de coisa por centenas de anos. Para alguém que está tão mal quanto você, a terapia de imersão é um desperdício de tempo.

Não, a inundação foi para o benefício dele, não o seu. É o sangue dele que cura você, e o seu sangue que o torna jovem novamente. Precisa acontecer durante o seu septuagésimo sétimo ano. Se ele esperar depois disso, parte de seu sangue velho começa a ter problemas sérios. Se for antes, o sangue novo não tem efeito. Existe algo diferente no septuagésimo sétimo ano, como uma flor que tem hora para desabrochar, e o procedimento funciona do jeito certo.

Ele precisa de sete transfusões de sete pessoas diferentes ao longo de um período que não ultrapasse sete dias. E não pode ser qualquer tipo de transfusão. Elas precisam ser como inundações, e medo agudo é o jeito mais seguro de fazer isso. Dê uma olhada atrás de suas orelhas, você encontrará duas casquinhas pequenas. Os capacetes e os fones de ouvido são parecidos nesse sentido. Quando você é inundado por medo, ele entra e pega o que precisa. E ele manda um pouco do sangue dele para você também. É o sangue dele que cura você. Esqueça aquela bobagem de medo. Você e seus amigos estão bem porque receberam uma transfusão do sangue de um imortalista.

Não o suficiente para viver muito mais do que o normal, mas o suficiente para curar os seus problemas.

As primeiras seis pessoas o deixam jovem novamente, mas apenas por um pouco de tempo. Várias horas ou um dia, dependendo da pessoa na outra ponta. Garotas funcionam melhor por algum motivo. A sétima é a mais importante, é ela que torna a coisa permanente.

Antes que comece a gostar do Rainsford por ter lhe dado parte do sangue dele, você precisa saber de uma coisa: o sangue que ele está dando para você é a parte da qual ele precisa se livrar. Ele precisa tirar isso do sistema dele e substituir com o sangue inundado de medo que você forneceu. É por isso que vocês todos são velhos de alguma forma, entende? Provavelmente não.

Ben Dugan tem artrite, e ele terá isso pelo resto da vida.

Kate Hollander tem um coágulo em seu cérebro. Com alguma sorte, um derrame não a matará, mas provavelmente sim.

Alex Chow tem problemas circulatórios em suas pernas. Um dia elas ficarão dormentes e não acordarão mais.

Connor Bloom tem um caso grave de demência senil. Ele é burro que nem uma porta, então provavelmente não vão perceber, mas os ataques de tonteira não vão parar. Ele não vai se livrar deles.

Você gosta da Marisa, e espero que as coisas deem certo. Mas você deve saber no que está se metendo. Ela está fatigada em geral, e sempre vai ser assim. Ela vai cochilar como um gato por toda a vida.

E você, Will Besting, também não se saiu muito bem. Aproveite essa audição enquanto ainda a tem, porque ela não vai durar muito mais. Eu diria vinte anos, no máximo.

Avery Varone ficou com os cabelos brancos, o que me faz odiá-la mais do que qualquer coisa. Foi o que eu ganhei também. É a loteria dessa situação. Seus cabelos vão estar totalmente brancos em mais uma década, mas só isso.

De resto, ela vai envelhecer do mesmo jeito que Rainsford. Ele provavelmente planejou desse modo, embora eu não saiba como.

Não sei, nem me importo, com o que você fará com estas informações. Minha única dívida era contar a história. Aonde as palavras irão depois que eu não estiver mais aqui não é meu problema. Você me parece um garoto fraco. Vou ser honesta com você. Se pudesse escolher, teria escolhido Kate Hollander em um piscar de olhos. Eu gostei dela. Ela teria gritado a verdade o mais alto possível. Mas as circunstâncias em torno da sua cura tornaram meu plano possível. Sem elas, os segredos do Forte Éden teriam continuado assim para sempre.

No fim, sei que ele irá apagar minhas memórias também, e isso será o insulto final. Pelo menos não vou ter que me lembrar da cara feia dele.

Faça o que quiser, Will Besting. Minha obrigação está cumprida.

Eu posso imaginá-la, e isso me deixa triste. Ela está sozinha, sentada no deque, olhando fixamente para o lago com o inverno chegando. As árvores estão nuas, e ela está velha. Seu escolhido a traiu, deixou-a para morrer sozinha no frio da floresta. Ela não está pensando sobre Avery enquanto olha para a água, essa garota que completou o círculo. Ela não está pensando em muita coisa, porque o que ela sabia foi apagado. Rainsford consertou a bomba no lago, então ela terá bastante água. Tem comida enlatada suficiente no porão do Bunker para durar mais do que ela. Seu destino está selado, seus dias já terminaram.

A Marisa acordou um pouco agora, e jogamos Berzerk no meu Atari 2600 por meia hora. Então cada um colocou um fone no ouvido e escutamos nossa música, "I Wanna Be Adored", e ela deslizou de volta para o sono de mãos dadas comigo.

Se tivermos sorte e ficarmos juntos até o fim, ela dormirá vinte horas por dia e eu tropeçarei pela casa, incapaz de ouvir uma palavra do que ela está dizendo. Mas ainda assim será um paraíso.

Não teremos medo, e minha memória sobre esses eventos terá se dissipado. Um dia nos encontraremos do outro lado, curados e inteiros novamente. O pai de Marisa e Keith estarão lá, e nossos amigos e o resto de nossas famílias. A Sra. Goring estará esperando por nós, e Avery Varone também.

Tem uma pessoa, é claro, que não encontraremos não importa o quanto esperemos.

Um dia, Avery Varone se sentará no deque do lago sozinha. Seu companheiro será jovem novamente, mas ela estará velha, e ela também será forçada a esquecer. Ela executará a tarefa diante dela porque ele pediu. E então ela estará sozinha, e Rainsford continuará como sempre fez, como sempre fará.

O antigo Éden não existe mais, se é que ele foi um éden algum dia. Apenas um Éden sombrio permanece.

OBSERVAÇÕES

GRAVADAS ALGUM TEMPO DEPOIS,
APÓS REFLEXÕES MAIS PROFUNDAS

MEDOS E AFLIÇÕES

Nunca vou saber por completo por que os sete foram escolhidos ou se os nossos medos eram relevantes. É provável que pudéssemos ter medo de praticamente qualquer coisa, desde que os medos fossem irracionais. Qualquer que seja a resposta, creio que Rainsford tivesse conhecimento especial de nossas situações. Não posso provar, mas acho que ele pode até ter causado alguns desses medos para seus propósitos. Em alguns casos ele pode ter nos observado por um bom tempo, estudando nossas personalidades e passados com a ajuda da Dra. Stevens. Mas, em outras situações, acredito que tenha instilado os medos em nós desde o início.

Se acredito que Rainsford teve algo a ver com o desastre de carro de Kate Hollander ou com a descoberta de Ben Dugan na caixa de areia? Sim, acho que sim. Sobre o medo de altura de Connor e Alex e os cachorros, é fácil imaginar como Rainsford pode ter manipulado essas condições ao longo de um período de anos. Eu não acredito que ele tenha tido algo a ver com a morte de Keith ou do pai de Marisa, mas, por outro lado, nunca vou saber com certeza.

Se ele estava envolvido ou não, tenho poucas dúvidas de que era capaz de arquitetar esses eventos.

Resta a Avery, para quem existem muitas perguntas não respondidas. Não sei por que ela tinha medo da morte.

Eu nem sei se ela realmente foi curada. Ela foi morta durante seu tratamento, e então trazida de volta à vida? Talvez tenha tido uma daquelas experiências breves à beira da morte, apenas para ser puxada de volta no último segundo. Eu acredito que ela ame Davis e, estranhamente, acredito que Davis a ame. Eu até acho que pode ser parte do processo, o poder do amor, que é mais perigoso aos quinze ou dezesseis anos.

As cores e
"A Máscara da Morte Vermelha"

AZUL
ROXO
VERDE
LARANJA
BRANCO
VIOLETA
PRETO

Por semanas fiquei pensando sobre as cores dos quartos. Rainsford tinha um motivo para tudo, e estou convencido de que tinha um motivo para isso também. Colocá-las em vários mecanismos de busca finalmente me deu a resposta.

Edgar Allan Poe escreveu um conto, com aproximadamente cinco páginas, chamado "A Máscara da Morte Vermelha". Na história, um príncipe ou um governante jovem e rico – é difícil identificar – fecha-se em um castelo com todos os seus amigos privilegiados. Lá fora, uma praga está dizimando a cidade, matando praticamente todo mundo, enquanto dentro do castelo o clima é de festa permanente. É como se o príncipe da história desafiasse a praga a tentar encontrá-lo. Na história existem sete salas, cada uma com sua variante de diversão. As sete salas têm as mesmas cores das nossas, e, na história, as salas coloridas aparecem na mesma ordem.

Estranhamente, no final de "A Máscara da Morte Vermelha", o príncipe corre atrás de um penetra mascarado. Quando o príncipe finalmente alcança o intruso, ele se vira, e o príncipe cai morto na mesma hora. O intruso, é claro, acaba se revelando como a própria morte.

A mensagem da história parece ser que nenhuma quantidade de dinheiro ou privilégio impede a chegada da morte. Acredito que Rainsford se vê não apenas como privilegiado e rico, mas como realmente intocável. Usar as mesmas cores da história é a forma de Rainsford zombar da morte. O cenário é o mesmo, mas e o resultado? Rainsford continua ganhando. Ele continua a escapar da morte repetidas vezes. E eu tenho que me perguntar: será que ele se preocupa? É bem provável. Ele deve saber que a morte só pode ser enganada por certo tempo. Ela o acabará alcançando, e talvez seja por isso que ele escolheu a história de "A Máscara da Morte Vermelha" para se lembrar de que o fim está chegando, quer queira quer não.

A Pérola, A Mulher nas Dunas, e Rainsford

Estou curioso sobre o ano real do nascimento de Rainsford, mas, seja lá quando for, o uso de A Pérola revela bastante sobre sua visão de mundo. Isso também me faz pensar que Rainsford existe faz muito tempo, talvez desde a Idade Média, quando o sistema de castelos estava profundamente disseminado pelo mundo.

Em A Pérola, Kino mergulha embaixo d'água para encontrar algo que mudará sua vida. Minha jornada foi assim também. Eu fui embaixo da *terra* para encontrar algo que pudesse tirar meu medo. Todos nós fizemos isso. No caso de Kino, o que ele encontrou destruiu sua família e seu estilo de vida. Embora parecesse uma bênção, a pérola era uma maldição. Já eu e meus amigos descobrimos um lugar onde os medos eram destruídos para sempre – mas a que custo?

Eu acho que Rainsford acredita na ideia de que as pessoas devem ficar exatamente dentro da classe em que nasceram.

Kino encontrou uma pérola de grande valor e tentou usá-la para chegar a uma classe mais alta. Ele só queria uma vida melhor para sua família e uma situação mais confortável. Mas logo a vida de Kino ficou em ruínas.

Eu não falei com a Marisa sobre isso, mas acho que ela é mais parecida com Kino do que o resto de nós. Ela tenta falar em inglês perfeito, e não quer falar sobre o passado. Eu não sei, talvez para Marisa o idioma seja como a canoa de Kino, um símbolo do ato de deixar sua história para trás em busca de algo que parece melhor ou mais seguro.

A *Mulher nas Dunas*, que acabei de ler agora, tem uma visão um pouco diferente das coisas. Nele, um homem está tentando encontrar um inseto raro, mas o que ele realmente busca é algum tipo de imortalidade. Se conseguir encontrar o inseto, ele será lembrado para sempre por ter feito a descoberta (um tipo de imortalidade bem superficial, mas ainda assim é imortalidade).

Sua busca o leva à ruína, e no final das contas ele precisa repensar o que a vida e a morte significam. É curioso que Rainsford tenha um problema similar: ele está sempre aqui, mas nunca é lembrado. O que ele faz é em segredo. Ninguém sabe quem ele é. Ele é como um fantasma nesse sentido: sempre presente, sem deixar nenhum rastro.

E finalmente tem o nome dele, que acredito ser uma invenção mais recente. Ele já teve, imagino, vários nomes. Mas Rainsford se encaixa bem e de uma forma completamente irônica. Em outra história que descobri, "O Jogo Mais Perigoso", existe um personagem chamado Rainsford. Ele caça animais de grande porte e reclama para o seu companheiro que ele é sempre o caçador, nunca o caçado. Ele acaba realizando seu desejo quando o barco chega a uma ilha estranha, onde Rainsford se torna o alvo de um caçador insano que está obcecado em rastreá-lo e matá-lo. O detalhe engraçado? *Eu* era o Rainsford no Forte Éden. Todos nós éramos. O cara que conduzia as curas era o caçador. Esse é um dos detalhes mais curiosos sobre a experiência toda. Por que Rainsford usou um nome que faz dele o caçado? Acho que tudo remete de volta às cores. Acho que Rainsford está sendo caçado pelo caçador mais eficiente de todos, e ele sabe disso, um caçador que nunca erra no final.

Ele está sendo caçado pela morte. E a morte tem uma taxa de sucesso de 100 por cento.

UMA OBSERVAÇÃO FINAL

O Rainsford poderia ter dispensado todos esses floreios. Ele poderia ter simplesmente feito o que tinha que fazer e seguido em frente, mas preferiu construir sua bizarra narrativa ao longo do tempo. Isso me faz imaginar se ele, além de ser um cara muito ruim, também não é muito insano, perdendo sua mente aos poucos ao longo do tempo.

Penso no futuro agora, sessenta anos para ser exato, e me pergunto como ele se chamará quando voltar ao Forte Éden para repetir o truque. Eu me pergunto se Kino ainda estará flutuando no chão que leva ao elevador, ou se será outro personagem pintado lá. Eu me pergunto qual será o nome de Rainsford então.

Na verdade, só tem uma coisa que sei com certeza sobre esse dia. É a minha maior certeza.

Se eu viver por mais sessenta anos, estarei esperando por ele no sétimo quarto. E, se depender de mim, ele não sairá de lá vivo.

Este livro foi composto com tipografia Electra e impresso
em papel Pólen Soft 80 g/m² na Prol Editora Gráfica.